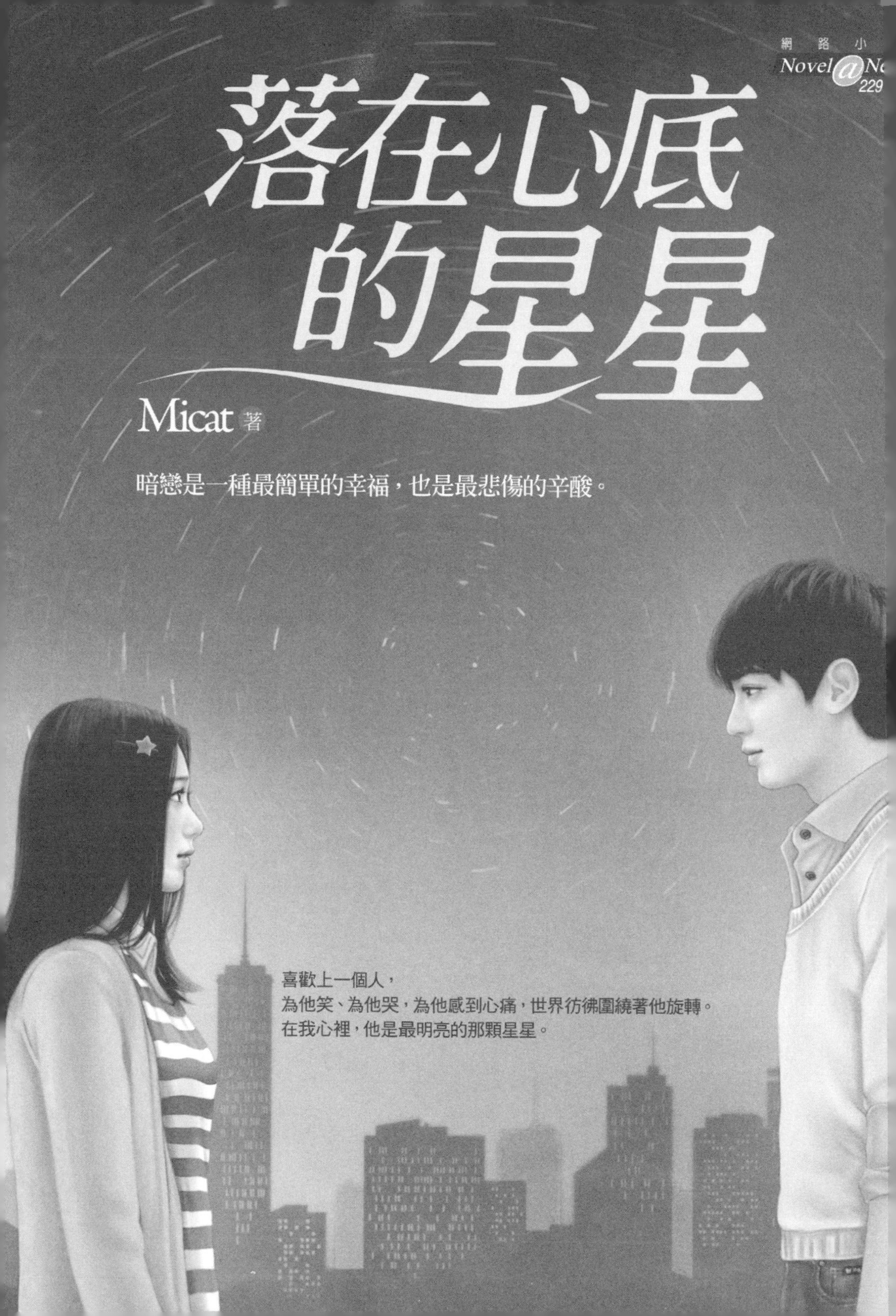
網 路 小
Novel@N
229
落在心底的星星
Micat 著
暗戀是一種最簡單的幸福，也是最悲傷的辛酸。
喜歡上一個人，
為他笑、為他哭，為他感到心痛，世界彷彿圍繞著他旋轉。
在我心裡，他是最明亮的那顆星星。

★作者序★

每一個故事，都是一種分享

新的故事，是 Micat 很喜歡的故事，帶了一點點的酸、一點點的甜，而此刻能以實體書的形式與大家分享，對我來說，就像往常一樣開心與興奮。

從創作的開始至今，當初創作時的那一股熱情從未減少，反而因為大家的鼓勵，有了愈來愈多動力與能量。Micat 始終覺得，儘管每個人遇到或期待遇到的愛情樣貌不盡相同，但是在我們心底，總是住著一位小女孩或是小男孩，憧憬著不一樣的愛情。因此不管是從前、現在或是未來，我們是不是能遇到這樣的感情，又是不是能夠成為某些愛情故事裡的主角，我都希望我們能一起在我所創作的小說裡，找到那份甜甜的感覺。

當然，也和往常一樣的，希望正在看這篇序，並且即將進入這個故事的你們，會喜歡這個屬於王孜螢以及方曜慎，但也同時屬於我們的甜蜜故事。

序的最後，當然還是不得不提心中那份滿滿的感激。

謝謝我最最親愛的家人，最最親愛的 Richard，還有所有喜歡 Micat 的故事的大家，以及辛苦的編輯，真的，超愛你們！

Micat

1

準時收聽晚上八點零五分的地區性廣播，是大一升大二那年暑假養成的習慣。

就這樣聽著聽著，莫名其妙地持續聽了好幾個月。在這段期間裡，除了一次因為轉播某個現場節目以及兩次我必須參加別的活動而錯過之外，每一次的節目開始前，不管是在圖書館念書也好，或是已經回到住處了也罷，再怎麼樣，只要時間一到八點左右，我就會像菸癮犯了一樣地，打開那個熟悉的頻道。

然後，靜靜地收聽。

對我來說是一種放鬆，以及一種享受，而且從某個觀點切入來看，這無疑已經是一種制約的形成。

不過關於制約這件事嘛，一開始，當然純粹是因為節目內容設計得很不錯的關係，漸漸地則是因為主持人的聲音以及主持風格吸引了我，但是自從我發現自己特別鍾愛星期五的點播時間後，我開始懷疑制約了我的到底是節目的本身，還是點播時段裡的每一段故事。

身邊有不少同學也很喜歡這個節目，有些同學沒空線上收聽時，還會特地錄下來。

我的室友珈珈雖然也是這個節目的粉絲，但她被制約的狀況沒有我來得嚴重，而且她常常嚷著說我像被下了咒一般地誇張。可是她常常忘記，我會開始收聽這個節目，也是她強力地推薦，始作俑者根本就是她！

這個節目的主持人是珈珈的直屬學姊，同時也是上一屆校內廣播社的社長，和珈珈非常要好。學姊還沒畢業的時候，就已經算是學校的風雲人物，聽說她從大二開始，就已經接了許多校內校外的活動，後來還參加過全國性的一個歌唱比賽，獲得不錯的名次，所以還在學校的時候，就擁有了為數不少的粉絲。

話題似乎扯遠了。

我想說的只是，因為珈珈的推薦，加上我們都很喜歡學姊主持節目時的節奏與風格，所以我和珈珈養成了這個戒不掉的習慣，也變成一種無形的依賴。雖然珈珈交了男朋友之後，這個制約對她的效力稍稍減弱了些，對我而言卻依然具有非常強大的威力。

打開手機，我按了收聽廣播的功能，才剛從選單裡選取早就設定好的廣播頻道，從手機裡傳出某一首近日打歌打得很凶的抒情歌時，剛從外面回來的阿杜也正好打開大門，走進客廳。

「孜螢，聽廣播啊？」阿杜換上室內拖鞋，笑著問我。

「對啊！」我點點頭，「坐著休息一下，一起聽。」

「好啊！」阿杜笑笑的，剛跑完路跑的他將帽子脫下，放在茶几上，然後用肩上的毛巾擦拭著臉上的汗水，「卉卉學姊也是我的偶像呢！今天是點播時間吧？」

「賓果！」我從沙發上站起來，到廚房去倒了一杯溫開水，放在阿杜面前。

除了珈珈，同班的死黨阿杜也是我的室友。

一年級的暑假，阿杜、珈珈和我決定搬出學校宿舍，於是便接手原本由系上學長合租的公寓。不算小的空間，正好有三間房，重點是租金比合理價位更便宜些。所以當阿杜詢問我們要不要三個人合租時，珈珈和我便答應了他的提議。

「謝謝孜螢，就知道妳最貼心了，哪像珈珈……」

「我怎麼樣？」珈珈的聲音從大門傳了過來，打斷了原本要替珈珈說話的我。

「哪像珈珈也很貼心這樣。」阿杜笑著，露出「嘿嘿嘿」的笑聲，有種欲蓋彌彰的味道。

「哼！算你識相！來，今天帶了一些點心回來，一起吃。」

「哇！好棒，阿軒怎麼沒有一起來呢？」我看向門口。阿軒是珈珈的男朋友，偶爾會跟珈珈一起過來。

「他約了朋友打撞球，我有點累，就先回來了。」

「不看緊一點，小心被外面虎視眈眈的女生騙走。」

珈珈瞪了阿杜一眼，聳了聳肩，「要被騙走，我也沒辦法。」

「最好是這麼豁達。」

扮了個鬼臉，珈珈把買回來的炸物放在茶几上，「快來吃，我和阿軒排隊排了好久才買到。」

「謝謝。」我站起身，和珈珈一起並肩坐在地上，拿起竹籤隨手叉了一個黑輪放進嘴裡，還因為胡椒粉的關係，嗆得打了兩個噴嚏。

「還好吧？」

我揉揉鼻子，「沒事。」

「阿杜不吃啊？」珈珈左邊的臉頰塞得鼓鼓的，疑惑地看著阿杜。

「剛運動回來，等一下囉！」

「各位聽眾大家好，真開心又到了和大家見面的星期五晚上，我是主持人卉卉，在正式進入我們的點播時間前，節目一開始先和大家分享一首歌……」

「卉卉學姊的聲音真的好甜喔！」珈珈笑著，「如果有一天我也能像卉卉學姊這樣主持就好了……」

「珈珈一定可以的。」我點點頭，看著珈珈瞇得彎彎的眼睛，我知道，在那樣的眼神裡，充滿了對卉卉學姊的崇拜、喜歡，以及對自己未來的一份期許。

每次和珈珈聊到這個，我不免會覺得，不只是在珈珈心裡，也許對學校裡崇拜學姊的所有粉絲來說，卉卉學姊就像是一顆閃著耀眼光芒的星星讓人著迷神往。而這樣的存在，絕非只是單純的「偶像」而已，在某種程度上，似乎也因她是我們學校畢業的學姊，使我們感到與有榮焉，也或者抱著自己未來能像學姊這麼有成就的想望。

畢竟，書上的偉人好像總是太虛幻，而現實生活中的名人又似乎離我們遙遠，學姊的存在就這麼恰到好處地讓我們感到真實，甚至讓人覺得任何夢想都有可能實現，只要我們願意努力。

短短一小時的節目，在我們邊吃東西邊聊天的歡愉氣氛中，很快地剩下最後不到十分鐘的時間。

「最後一首點播的歌曲，是署名為『曜』的聽眾所點播的，相信如果是固定收聽節目的聽眾，一定知道這位常常點歌的朋友，對了！非常巧的是，前幾天卉卉才從朋友那兒得知，這位聽眾目前就讀我的大學母校呢！說起來就是我的學弟喔。」廣播裡卉卉學姊用微微提高卻不做作的音調傳達了她的驚喜，「無論如何，希望那位女生能夠被『曜』所感動……」

「哇！真的很浪漫耶……」珈珈十指交叉握著，很羨慕的模樣。

「對啊！」我點點頭，身體靠著沙發，把稍稍發麻的腿放鬆地伸直，「大概因為節目安排的關係，不可能每集都播出他所點的歌，可是每個月至少也有一到兩次，我覺得那個叫『曜』的聽眾真的很有心。」

「真不曉得那個幸運女孩知不知道。」

「應該知道吧。」我點點頭。

「怎麼說？」阿杜揚起濃濃的眉毛問我。

「因為我記得之前卉卉學姊在節目上說過……」我快速地翻找著腦中記憶的盒子，「她說，因為那個女孩很喜歡這個節目，所以『曜』才會在節目裡點播的。」

「原來。」珈珈趴在茶几上，下巴抵著手臂，像聽故事又像在想什麼一樣的神情，「既然是這樣，不知道是那個女孩另外有喜歡的人了，還是這個『曜』長得太抱歉或是怎麼了，怎麼這麼久都不肯接受呀！」

我聳了聳肩，珈珈說出了我的疑惑。「是呀！像這樣因為點播的告白而知道對方的心意，好像也挺有趣跟浪漫的。」

「所以說女孩真的很好騙。」阿杜搖搖頭，看著我們。

「總比你這個單細胞生物要來得好吧！」珈珈立刻不甘示弱地反駁了阿杜。

「我只是比較理智一點。」

珈珈坐直了身子，誇張地靠近阿杜，看著阿杜說：「什麼理智……這種話還說得出口。」

眼看兩位室友開始鬥嘴打鬧，我把正在播放廣告的手機拿起來，將廣播的程式關掉，「好啦，珈珈快放過阿杜啦，不管是不是真的理性，但可以確認的是，別看阿杜在我們面前這種搞笑耍寶的樣子，他對他的中文系女朋友可是貼心浪漫到極點唷！」

「孜螢，連妳也消遣我！」阿杜對著我瞪大了眼睛，假裝一副要找我算帳的樣子。

「我是實話實說。」我皺了皺鼻子，裝出無辜的表情。

「珈珈，妳看孜螢都被妳帶壞了。」

「是你欠打好不好？」

「算了，我還是快快遠離是非之地，洗澡去囉！」

「杜孟哲！」

看著眼前忙著鬥嘴的室友，我的嘴角不由得往上揚起，因為有這樣可愛的室友，讓升上了大一還很想念家裡一切的我，生活過得開心了許多。

2

回到房間，我有點疲倦地直接呈「大」字型躺在床上，大概地瞄了一眼貼在書桌一旁牆上的課表，因為這學期的課很滿，上頭被我畫上了很多粉紅色的格子，想到這，我突然感到更疲倦了些。

這學期的課終於在這週完成了所有的加退選，雖然這代表很幸運地不用再擔心哪堂課沒選到，但也代表下週起就要進入大二下學期負擔很重的課程。

閉上眼睛，發現此刻腦子裡一直想到那個叫作「曜」的男孩為他喜歡的女孩所點的歌曲，於是拿起手機，在網路上選了那首歌，靜靜地聽著。

一次、兩次、三次地反覆播放……

是怎樣的男孩，會這麼認真為他喜歡的女孩點歌呢？

而那個讓他這麼喜歡著的女孩，又是怎樣的女孩呢？
男孩與女孩之間，是不是曾經開始過？還是純粹的單戀？
未來的自己，也能遇到這樣深情的男孩嗎？
很多很多的問號，在歌手溫柔的嗓音以及溫暖的旋律中，我天馬行空地胡思亂想著，直到兩聲敲門聲打斷了我的思緒。
「請進。」
「就知道妳在聽歌。」珈珈皺皺鼻子，一副猜中得到了大獎的模樣。
我坐起身，「當然囉！知我者本來就是珈珈也。」
「哈！」
「怎麼啦？」
「我想跟妳借一下筆記，經濟學老師叫我們抄的行事曆和課程大綱。」
「喔，沒問題，在這裡！」我走到書桌前，將放在書架上的活頁筆記本晃了晃，然後放在桌上，「在書桌這抄吧！」
「謝啦！有妳真好。」
珈珈給了我一個淡淡的微笑，在書桌前坐下，拿起我的筆記本翻了翻，「這老師也要求太多了吧！」

我抿抿嘴，「是啊！但也沒辦法，系上兩位大老的課，不就都駭人聽聞嗎？」

「哈哈！說得有道理。」珈珈苦笑了一下，順手從筆筒拿了一枝筆，並且打開了她的筆記本開始抄寫。

而我則躺回床上，繼續享受剛剛的音樂，直到珈珈開口，打破了音樂聲中我們兩人的沉默。

「對了，孜螢！」

「啊？」我微微轉身，看著珈珈。

「他還有跟妳聯絡嗎？」

「誰？」我很快地拋出問句，但其實我也很快就明白，珈珈口中的「他」是指我的前男友林韋諮。

「這一兩個星期沒有。」

「嗯……」珈珈放下了筆，微微挪動椅子，盤起雙腿坐在椅子上，往我的方向看來，顯然這個話題勾起了她更多的好奇，「所以在這之前還有囉？」

「嗯。」

「那你們都聊些什麼啊？」

「沒有特別聊什麼。」我拉了拉棉被，盯著天花板，想著上一次和林韋詔的對話，「他到我們學校參加比賽，賽程會持續兩天，他問我有沒有空見個面這樣。」

「妳拒絕啦？」

「那時我人在南部，所以也沒辦法。」

「如果妳不是在南部的話，會和他見面嗎？」

思索著珈珈的問題，我停頓了幾秒，很想毫不猶豫給珈珈一個「不會」或是「會」的答案，但是，偏偏我的嘴巴和我的心一樣，非常一致地連個答案也沒有。

「到底會不會啦？」珈珈快被好奇淹沒，等不及要聽我的回答。

「我也不知道耶……」

「什麼叫不知道？」珈珈語氣超誇張的。

「我真的不知道。」我嘆了一口氣，想起在分手的好幾個月後第一次接到林韋詔的電話時，我心裡翻騰的複雜情緒。

珈珈用手撐著下巴，皺了皺眉看著我，「妳都不想跟他見面嗎？我記得他也不是第一次約妳了吧？」

「嗯……」我輕輕地應了聲，發現珈珈問得很輕鬆，我卻因為她的問題而內心有點沉重。

珈珈說得沒錯，這已經不是林韋詔第一次約我了。自從大二以來，我接過滿多次他的來電，我不知道他為什麼會突然頻繁地找我，畢竟在這之前他是音訊全無的。所以，偶爾我會覺得那似乎像是他對我的一種補償，就好像要補償我和他還沒分手時他對我的忽略一樣。

有時候他來電純粹只是聊天，但有時候他會問我有沒有空，他想找我見個面什麼的，但我到目前為止沒有答應過他的邀約，所以從大一上學期的學期中我們分手後，我就再也沒有單獨和他見過面了。

「孜螢！」

「我想，可能的話，我會盡量避免單獨跟他見面吧！」我苦笑了一下，還是給了珈珈一個答案，因為我知道，好奇心很強的珈珈在沒有得到明確的答案之前，是絕對不會善罷干休的。

「為什麼？妳還在氣他啊？」

我坐起身，靠在床頭，看見珈珈眼睛睜得好大，「現在好像也沒什麼氣了，只是覺得，既然分手了，也沒什麼好說的了吧！」

「妳不會覺得可惜嗎？高中三年的感情就這樣沒了。」

「覺得可惜的時期已經過了，而且再不過去也不行呀。妳忘了，當時我就是因為覺得可惜，難過得不想放手呀。」我苦笑著，想起和林韋詔分手的那天晚上，珈珈和阿杜很有義氣地陪著我坐在操場的司令台前大口大口喝著啤酒，還因此錯過了宿舍門禁的時間，最後只好寄宿在學長那，「不過，還好有你們。」

「孜螢，我問妳一個假設性的問題好嗎？」

我揚起了眉，沒有說話，等著珈珈的發問。

「如果林韋詔這麼頻繁地找妳是因為想重新追回妳呢？」

「不可能。」

「如果真的是這樣呢？」

我堅定地搖了搖頭。

「王孜螢！」

嘆了氣，我終究拗不過珈珈，「他不會想要再追回我的，況且我覺得我應該也不會再接受他了。」

「為什麼？」珈珈的語調飆得高高的。

「因為，我發現我真的無法接受用情不專的人。」

「唉呀！他也許只是一時糊塗，或是一時受到誘惑呀。」

「唉……這樣說好了，就算我們重新在一起，我難免擔心哪一天會不會又有另一個誘惑，或是他會不會又有另一次『一時糊塗』。」

「但換個角度想，說不定他會因為這一次的事情，更珍惜妳啊！」

我抿抿嘴，「那若是沒有『說不定』呢？」

珈珈抓抓頭，眉頭皺了皺，「其實人非聖賢啦！我聽阿軒說……」

「阿軒？」我打斷了珈珈的話，我知道阿軒和林韋詔同校同系，但我從來不知道他們有什麼關聯。

「是啊！阿軒雖然不算認識林韋詔，可是在林韋詔班上他有很多認識的朋友，今天正好聊起這件事情，所以我就想說打聽一下囉。」

「嗯。」

「一開始是他們班那個女生主動接近他的嘛！他真的算是……一時糊塗啦。」

「妳沒聽過『一個巴掌拍不響』嗎？」

珈珈嘆了一口氣，因為我的話而停頓了幾秒，似乎正在思索該要怎麼反駁我，「我當然知道。我只是覺得，如果他發現妳才是他的真愛，妳心裡對他也還有感覺，也許可以破鏡重圓呀！」

「但我覺得，所謂的真愛絕不會被其他的誘惑所誘惑。」

「別這樣鑽牛角尖嘛。」

「珈珈，我知道妳是為我好，不過，就算當時我很難過，捨不得和他的感情，就算現在我也不能確定自己能不能很坦然自在地和他見面，但是重新開始這件事情，我想我應該辦不到。」

「是喔……」

「對啊！放心，我真的很好。」

「那下次我約妳去聯誼，妳不可以拒絕喔！」

「王珈珈，這是兩件事吧！」我皺皺鼻子，抗議著。

「哎喲！誰叫妳都拒絕參加班上的聯誼啊！公關都說妳再不參加她就要綁架妳出席了。」

「考慮考慮。」我揮揮手。

「再考慮，妳就準備大三拉警報囉！」

雖然知道珈珈這位好朋友兼好室友是由衷關心我，但我還是將手中的小抱枕毫不留情地往她的方向丟去。

3

放假的這兩天，其實晚上都沒有睡好，尤其是和珈珈聊過的那天晚上。

珈珈的話其實讓我想了很多，從「未來林韋詔重新追求妳，妳會不會接受」的未來式，以及常常打電話問我好不好的現在式，到溫柔地對我說分手是最好結果的過去式……這所有關於林韋詔的種種畫面始終不斷在我的腦海浮現。

分手以來，在珈珈與阿杜的陪伴下，以及我打工、猛修課的忙碌之中，心中的痛漸漸沖淡，已經好久沒想起關於林韋詔的一切，就連偶爾接到他的來電，我似乎也沒有太多想法。

只是，今晚為什麼會因為珈珈的話，而讓平靜的心又起了小小的漣漪呢？

「妳不會覺得可惜嗎？高中三年的感情就這樣沒了。」

我當然覺得可惜，可是，當自己的男朋友認真又誠懇地說他覺得找到更適合他的女孩時，再怎麼覺得可惜又有什麼用呢？

愛情本來就是兩個人的事，多了一個人就嫌擁擠，再怎麼不甘心，終究還是要割捨的，不是嗎？

所以，當他用一種好認真而帶了點哀傷的眼神看著我，說他遇到了另一個她，並且想跟我分手，我能做的也只是緊握著拳頭，佯裝自己很不在意，然後一派輕鬆地說：「好。」

但其實，我轉過身去快步走開的同時，早就不能控制地掉下了眼淚。

分手那天晚上跟珈珈和阿杜提起這一段，他們都覺得我表現得太過瀟灑，而且太過乾脆，至少該為自己做些爭取，而不是簡簡單單的一個字就同意了林韋詔的說法。

也許這樣真的很傻，但為了不在已經不愛我的人面前過於狼狽，為了不在他面前想挽回愛情而顯得卑微——尤其分手起因於另一個女孩的出現，我選擇在眼淚掉下來之前倔強地趕緊轉身離開。

儘管，這樣的倔強是非常低階的手法，連自己都騙不了了，更別說是林韋詔。

在那之後，我們完全沒有任何聯繫，也沒有像小說或是偶像劇的情節那樣在某條熱鬧的街上巧遇。直到前陣子他突然打了通電話給我，和我聊起近況或是並不特別重要的事情。雖然少了情侶間的甜言蜜語，但從他口中所傳達出來的關心依舊自然得不得了，平平淡淡的，卻有一種莫名的真切感，彷彿我和他之間從來沒有因為某個女孩的介入而分手一般。

但說起來，也是在最近接到了他的電話，我才知道自己也能像從前一樣自然地和他說話，彼此就像認識了很久，又失聯了很久，最近終於重新聯絡上的朋友，而且很有默契地都沒有問起彼此的感情。

很久以前，我會想知道他和那個搶走了我的幸福的女孩後來是不是還在一起，但如今他們是不是仍在一起，感情是不是愈來愈好，對我而言好像沒有這麼重要了。

我很開心自己有所轉變，因為這代表，林韋詔這個男孩，這個曾經陪伴了我三年之久的初戀，在我強迫自己必須忙碌的日子裡，已經悄悄地、慢慢地脫離了我心裡的最深處。

4

兩天嚴重睡眠不足的後遺症，在星期一早上第一節課表現得相當極致。

有好幾次，我用手摩擦臉頰想提振精神，好不容易打起了精神，不到五分鐘卻又開始昏昏欲睡，然後無法控制地打起盹來。要不是礙於是開學的第二堂課，不想給教授留下不好的印象，否則我真的好想不管三七二十一地趴下休息十分鐘，至少比此刻不斷重複打盹的循環要來得有效。

然而，當講台上教授的身影又開始變得模糊，我再度忍不住偷偷閉上眼睛，最後不小心因為「釣魚」而驚醒時，有人從背後輕輕地碰了碰我的背。

「嗯？」

「同學，要不要跟我們一起去系辦搬書？」坐在我後方的男孩問我。

「搬書？」

「教授，那我們先去了。」

「麻煩你們了。」台上的教授帶著微笑。

「啊？」我丈二金剛摸不著頭腦，疑惑地抓了抓頭，還來不及問個清楚，另一個坐在隔壁座位的男孩便拍了拍我的肩。

「走吧！」

雖然我仍陷在一團迷霧中，還是跟著他們走出教室了。

所以是要去系辦搬廠商送來的課本吧？可是，明明應該還有其他男生可以幫忙，怎麼會叫精神不濟的我來搬書呢？

算了，出來走走也好，反正在教室也是猛打瞌睡。

咦？不對呀！不是說要去系辦嗎？系辦在樓上，為什麼往樓下走呢？

「呃……請問，我們是要去系辦吧？」我對著和我並肩而行的男孩說出了內心的疑惑，卻在這個時候又打了個呵欠，害得我只好尷尬地笑了笑。

「是要去系辦沒錯。」男孩點點頭，「不過，去系辦之前可以先去休息一下囉！」

「什麼意思？」我看著高出我一個頭的男孩，疑惑地問。

「跟我們去就對啦！」走在我前面一位染了淡淡咖啡色頭髮的男孩轉過身，笑嘻嘻地回答了我。

「喔……」我納悶地點點頭，跟著他們走出教學大樓。

「買杯咖啡喝吧！拿鐵？」在便利商店門口，男孩忽然問我。

「嗯！拿鐵。」我在精神不濟之中毫不猶豫地同意，不過隨即想起自己根本沒帶錢包出來，「等一下！」

「嗯？」

「我沒有……」

「我請妳喝。」

「不……不行啦！」

「小東西而已。」

「那我不喝了。」我搖搖頭，很堅決。

「所以意思是，等一下妳回到教室，還要繼續忙著釣魚囉！」男孩笑了笑，然後走進便利商店。

「哼！」我不服氣地哼了聲，什麼跟什麼嘛！

「他只是開個玩笑，別介意喔！」那個染髮的男孩走過我身邊時丟下了這樣一句話，而另外兩個尾隨走進便利商店的男孩也因為他們的話而哈哈大笑，留下了尷尬得滿臉通紅的我。

5

「妳確定不吃塊餅乾嗎?空腹喝咖啡，胃痛可別怪我。」坐在教學大樓旁邊的草地上，那個高高男孩問我，而其他的人正如火如荼地討論昨晚線上遊戲對戰的經過。

「不了，謝謝。」我搖搖頭，看他再次將未拆封的餅乾放下，「你不吃啊?」

他聳聳肩，「不吃，想說妳們女生應該都喜歡邊喝咖啡邊吃甜點才買的。」

因為他的話，我噗哧地笑了出來，「哈哈!有研究喔!不過現在顯然不是可以悠閒喝咖啡吃甜點的時候吧!」

他看看手錶，「是的，再過五分鐘我們就得走回系辦，完成我們的苦力差事。」

我也看了看手錶，擔心時間有限，所以喝下一大口咖啡，卻因此燙到了嘴。

「慢慢喝吧!喝不完帶回去就好了。」

「這樣也太明目張膽了吧?」我驚訝地看著他，這時才發現他有一雙很好看的眼睛，而且，總覺得好像有點兒面熟。

「放心，再找機會拿進去就好了。」

「確定？」我瞇起了眼，「到時候萬一被教授發現，我可會毫不猶豫地說是你買的喔！」

「哈哈！這麼狠！我們好歹也是把妳從周公手中救回來的善心人士吧！」

沒想到他又提了這件事，害我尷尬到不知道該說什麼，心裡不禁嘀咕。

「喝了咖啡，精神好一點，變得沒有剛剛呆呆傻傻的可愛了。」那個染髮的男孩加入了我們的話題。

「呆呆傻傻……」我皺了皺鼻子，不情願地翻了白眼。

「哈！很貼切的形容。」

「喂！」我瞪了他們一眼，然後揮了揮手，「算了，不跟你們耍嘴皮子，今天寡不敵眾，而且精神狀況不佳，改天再找你們算帳。」

「話說回來，妳今天怎麼這麼累啊？」

我喝了一口咖啡，不好意思地說：「前兩天沒睡好，這堂課又是第一節課，真的好想睡。」

「難怪，我坐在妳旁邊是沒什麼感覺，不過，阿慎坐在妳後面，光看妳的頭在前面點呀點的，我看他頭都快暈了吧！」

我看了他口中的「阿慎」一眼，「我……真的打瞌睡到頭點得很誇張啊？」

他聳聳肩，用表情給了我一個肯定的答案。

「是喔……」唉呀，這樣醜態畢露，早知道就趴下休息一下了。

我在心裡懊悔著。

「難怪你會受不了，叫我一起來做這個苦差事。」我微舉著咖啡杯晃了晃。

應該是因為這樣才叫我一起出來搬書吧！

這樣想想，好像就合理了些。不然，從剛剛離開教室到現在，雖然腦袋沒有恢復平常的清醒，還是覺得挺莫名其妙的，想不通這群人為什麼沒事要叫我跟他們一起來搬書，原來是坐在我後面的「受害者」實在看不下去我誇張地打盹啊！

「時間差不多了，我們走吧！」另外兩位同學已經站起身，將喝完的咖啡杯丟進草地旁的垃圾桶內。

「喔。」我也站了起來，「不過我還沒喝完……」

「帶走吧！」

「可是……」

「我幫妳偷渡進去。」

實在好面熟。

「喔。」我點點頭，不禁覺得眼前這個叫做阿慎的男孩以及染了咖啡色頭髮的男孩

6

這果然是一件「苦差事」。

從系辦領了全班的課本走回教室的路上，除了沒喝完的咖啡，我手中根本沒有拿半本書，反而是他們四個大男孩各抱著高高的一疊課本。雖然我猜他們每個人手上的書應該都很重，但他們看起來好像一點也不吃力的樣子。

儘管我不太好意思，可是他們堅持要我好好顧好那杯咖啡，免得潑濕了課本更糟糕，於是我就這樣輕鬆地跟著他們走回教室。

「進教室之前，先把咖啡放在窗邊。」離教室大約五十公尺處的時候，阿慎看了看走在他身旁的我。

「喔，好。」我點點頭，給了他一個微笑。

「希望妳的精神好一點了。」

「哈，對了，謝謝你，還有你們。」

「不用客氣，彼此彼此，上次也多虧了妳幫忙。」

「上次？」我皺著眉，疑惑地看著他們，以為自己聽錯了什麼。

「是啊。」

我抓抓頭，努力翻找著記憶裡的片段，「我們見過面嗎？」

「就知道妳沒有認出我們。」

「什麼意思？」

「上星期在體育館的事，妳有沒有印象？」因為已經接近教室後門，阿慎停下了腳步。

「上星期……體育館……」

我快速地回憶才想起，上星期上完體育課後，我竟然把背包忘在體育館的某個角落，傍晚想到，要去拿的時候，正好已經是校內籃球隊練球的時間。通常，校隊練球的時段是不容許別人進去的，當下來到了體育館門口，我還是鼓起勇氣走了進去。一走進門，沒想到當時的體育館竟異常安靜，幾個應該在場上廝殺的大男孩們竟然累到大剌剌地躺在場上呼呼大睡。然而當我找到了我的背包，躡手躡腳地走出體育館大門時，遠遠地就看到校內有名的魔鬼大鬍子教練朝著體育館的方向走來。於是我又往回走，猶豫是不是該幫他們一下……

「那個……同學……」我小聲地說。但這幾個男孩完全無動於衷，連眉頭都沒有皺一下。

於是我小跑步走到他們面前，「同學！你們如果是在偷懶摸魚，教練已經回來了！」

也許是「教練」兩個字太具有威力，他們不約而同地跳了起來，全體瞪大了眼睛看著我問：「教練來了？」

「嗯，大概在體育館門外五十公尺遠的地方吧！」我比了個「五」的手勢。

「謝謝妳。」

「不客氣。」

而當我轉身，才走出大門，大鬍子教練已經站在離我不到三、四步的地方。

果然，一百九十幾公分的長人走路的步伐就是比我這種不到一百六十公分的人快上許多，著實異常地神速呀！

我下意識轉頭看了一眼已經恢復練球狀態的籃球隊員。也許是作賊心虛的緣故，面對好有氣勢的大鬍子教練，我竟然只能露出呆呆的傻笑，簡直像個沒寫作業被老師發現的小學生一樣。

「同學！」

「教練好。」我努力地讓自己的傻笑看起來自然些。

「妳來這裡多久啦？」

教練的眼神好犀利，怪不得可以訓練出遠近馳名的籃球校隊。「呃……大概十幾分鐘了吧！我、我是來找背包的，上節體育課後把背包忘在這裡，真不好意思。」

「哈！我看起來有這麼凶神惡煞嗎？」大鬍子教練哈哈哈地豪邁笑著，「雖然我要求在我訓練的過程中不要有外人進入體育館，但是也不是這麼不近人情啊。」

「謝謝教練。」

「那我想問妳……」

驚訝了幾秒，我擠出笑容，「喔！教練請說。」

「暫停！」大鬍子教練往場上下了命令，整個體育館充斥著教練中氣十足的聲音。而場上的球員停了下來，很有紀律地一字排開。

我訝異地看著這一群超有紀律的球隊成員，其實我早就聽說大鬍子教練是以嚴格出名的，也因為嚴格的訓練，我們學校的籃球校隊每次都能在大專聯賽中屢創佳績，但見到這一幕，還是覺得很不可思議。

「妳來的時候，這幾個傢伙剛剛都一直這樣練球嗎？」教練原本很嚴肅，看向我的時候表情變得和善了些，很有威嚴的粗眉揚得高高地問我。

我看了排成一字的球員們一眼，用毫不猶豫的語氣回答，「是啊！」

「那就好，妳說了算！我只是很疑惑，怎麼剛才走過來的時候覺得體育館裡異常地安靜。」

「教練……」場上排在第一個的男孩出了聲，但因為教練舉起的大手而沒有繼續往下說。

「我想聽這位同學說。」

我的目光從那個男孩臉上移到教練的臉上，緩緩地吸了一口氣，「因為我真的找不到這個背包，所以他們很好心地幫我一起找。真不好意思，不過才幾分鐘而已，沒有耽誤很久，教練不好意思……」

「哈哈！既然妳都這麼說了，助人為快樂之本，」教練又豪邁地笑了，「妳說是不是呢？」

「啊！難怪覺得你們面熟！」我恍然大悟，原來阿慎就是那天站在第一個的男孩。

「是啊！」阿慎輕輕地笑了笑，「看我們很夠義氣吧！把救命恩人的臉記得牢牢的。」

「太誇張了，不過你們怎麼這麼確定是我啊？」

「早上妳來的時候，背的那個粉紅色背包掛著米老鼠吊飾，我們才認出妳的。」

「所以說穿了，你們記得的是我的背包嘛！」我精神已經恢復了一大半，開始消遣他們。

「沒錯。」他又笑了，「走吧！該進去了，咖啡別忘了放窗邊。」

「嗯。」我聽話地把咖啡放在窗邊的水泥平台上，輕輕地敲了敲後門，將門打開。

「等一下。」

「怎麼了？」

「從我這拿四、五本書過去。」他微微蹲了下來。

看著他，我忽然會意過來，從他抱著的一大疊書裡拿了幾本來，順便給了他一個甜甜的笑容。

7

「感謝妳願意跟我們同一組。」下課後，教授已經匆匆地離開教室，包括我在內，有許多同學都還留在教室討論剛剛分組的作業。

我將筆袋放進背包裡，拉起背包的拉鍊，「應該是我要感謝你們收留我吧！在這間教室裡，我認識的也只有你們，原本聽到要分組作業，還覺得有點苦惱。」

聳聳肩，說出這些話，自己也覺得挺有趣的，事實上，我和他們充其量也只是「剛認識」而已。

「那這學期的作業啦、報告啦，就請妳多費心囉！」咖啡色頭髮的男孩對我眨了右眼，笑嘻嘻地說。

而在我不知道該怎麼回應的時候，其中一個一起搬書的男孩毫不客氣地搥了他一拳，「你想嚇跑人家啊！還好有人願意跟我們這群頭腦簡單的人同一組耶！」

咖啡色頭髮的男孩也毫不客氣地回了一拳，「誰像你和阿志頭腦簡單，拜託！我跟阿慎可是包辦了系上前兩名好嗎？」

「是是是！」

「對了，這是我們的名字和電話，記得記下來。」遞給我之前，阿慎貼心地依照紙條上的順序一一為我介紹，紙條上除了名字，還寫上了每個人的綽號。

「小林，林嘉宇。阿志，鄭志宥。阿威，林任威。阿慎，方曜慎。」我看著紙條，盡可能記下來，然後妥善地將紙條放進口袋裡，「大家好，我叫王孜螢，孜是孜孜不倦的孜，螢是螢火蟲的螢，手機號碼是……」

在交換了彼此的聯絡方式之後，因為大家都另外有課或有約，於是便紛紛離開了教室，我也跟著大家一起走出教室，準備前往下一堂課的教室。

「下節課在哪裡？」走在我前面的阿慎突然轉過身看著我問。

我往前跨了一大步，走在他身旁，「文學院。」

「那一起去吧！」

「你也是？」

他帶著笑容搖搖頭，「沒有，我想去圖書館拿個預約書，同個方向。」

「這樣啊。」

「對了，剛剛聽妳說這堂課上妳沒有認識的同學，怎麼沒有跟比較要好的同學一起選修，反正這是通識，不是有很多選擇？」

我聳聳肩，「是啊！我們上週確實是一起填的，都怪我粗心，不小心按錯了選課代號，唉。」

他哈哈地笑了兩聲，「所以他們就拋棄妳啦？」

「他們也退了原本那堂課，然後想加選這一堂，結果這堂課也滿了，所以囉！」

「看來妳還滿粗心的。」

「喂！當著我的面這樣講，也太沒禮貌了吧！」

「開個玩笑嘛，妳應該不是開不起玩笑的人吧！」

我皺皺鼻子，瞪了他一眼，還重重地「哼」了一聲。

「不過粗心歸粗心，這學期的分組作業還是要請妳多多幫忙。」

「互相囉！可是，我剛剛好像聽阿威說你和他包辦了你們系上的前幾名，應該是要請你們多費點心吧！」

「哈！妳倒是挺能收集到重要資訊的。」

「當然，對於關鍵字句，我總能在第一時間用螢光筆畫上標記。」我誇張地做了一個畫重點的動作。

「哈哈！」他又笑了。和他真正認識還不到三個小時，交談的時間也不是很多，但我發現他是個滿喜歡笑的男孩，而且笑起來挺好看的。「妳很有趣。」

「有趣？」我睜大了眼睛，非常驚訝。「從小到大，第一次有人用這樣的形容詞形容我。」

「確實，妳給人第一眼的印象，會讓人以為是文靜的乖乖牌好學生。」

「我是這樣沒錯。」我點點頭，卻忍不住笑場。

「自己都覺得好笑了吧！」

「哼。」

「不過後來發現了兩個點，我才猜測應該不是這麼一回事。」

我歪著頭，看向臉帶笑意的他，「不然是怎麼一回事？」

「第一點呢……一個文靜的乖乖牌好學生，恐怕不敢在大鬍子教練那種人面前說謊吧！」

因為阿慎的話，大鬍子教練的臉彷彿浮現在我眼前。想起那對粗獷而威嚴的眉毛，我深吸了一口氣，「說得是，當時的我，連走進籃球隊在練球的體育館都覺得緊張了，面對有名的凶猛教練卻能臉不紅氣不喘地說謊，真不知道自己哪裡來的狗膽。」

「哈哈哈！」他毫不掩飾地哈哈大笑，「當時我們真的很緊張，完全沒想到妳會幫我們。」

我停頓了幾秒，想了想，其實自己也覺得挺莫名其妙的。

是啊！當時在大鬍子教練面前為什麼我會選擇幫這群偷懶的球員呢？雖然沒有確切的答案，但也許基於心裡認為自己也是學生，很自然地就幫忙同一陣線的同學來躲避老師的責備這類的心態吧！

管他的，反正應該無傷大雅吧！

「說真的，我也想不透。」我聳聳肩，「不過，你們那天怎麼累成這樣啊？」

「那天妳看到我們的時候，我們已經跑完操場二十圈，還外加做完五十個伏地挺身了。」

「哇塞！」我內心忍不住再次驚訝於大鬍子教練的嚴厲。

「所以，要是再被發現偷懶沒練球，我們恐怕要多跑個十圈操場了。」

「好可怕。」我嘆了一口氣，在文學院的大門口停下腳步，「對了，那你說的第二個點呢？」

「第二個點啊，如果妳是那種無敵乖巧的好學生，應該不會像剛剛那樣釣魚釣得這麼嚴重。」他很故意地笑著說。

「方曜慎！」我指著他，但我身高矮他一截，根本毫無氣勢可言。

「開個玩笑。」

「好啦！快上課了，我要先進去囉！」

「好的，拜拜。」

我轉身往前走了幾步，想起了某件事，又開口喊他的名字，「方曜慎！」

「嗯？」他也轉過身來，「怎麼樣？」

「隱瞞大鬍子教練的事，我算是你們的救命恩人吧？」我裝出甜美的笑容。

「可以這麼說。」

「你剛剛說，要是被教練發現你們偷懶，恐怕還得再跑操場十圈嗎？」

「是啊。」

「所以，你們對我心存感激，對嗎？」我仍帶著甜甜的笑，拋出第三個問句。

「沒錯，咖啡算是我們的謝禮，把妳從周公手中邀請回來也是我們報答妳的方式。」他揚著眉，「不然妳以為我們是抱著看到可愛女同學就搭訕的心態嗎？」

「所以……」我走回他面前，伸出食指，抬頭看著他。

「怎麼樣？」

「買咖啡的錢，給你……」我快速地從背包裡拿出小零錢包，在小零錢包裡找出五十元放到他手上。

「不用啦！說好請妳喝的。」

「收下，至於下次你們打瞌睡的話，我也會大方解救你們的。」我把小零錢包放進外套的口袋裡。

「所以呢？」他面露疑惑。

他微低下頭，認真看著我，很禮貌地等我把話說完。

「你、阿威，還有阿志他們跑十圈操場的懲罰就算是欠我的。」我賊賊地說：「所以你要小心，說不定救命恩人我哪天心情不好，或者是你把我打瞌睡沒形象的事情張揚出去，我也有可能命令你跑操場賠罪。」

「哈哈哈！」他帶著笑容，搖了搖頭，「沒問題，不過妳要是再不趕去上課，恐怕就要被教授盯上囉！」

我看了手錶一眼，糟糕！

「好啦！不跟你聊了，我要走了，拜拜！」

轉身，我拔腿便往文學院跑去。不知道是不是錯覺，我好像還隱約聽見背後傳來他爽朗的笑聲。

8

「呼……」一進教室，我很快地就看見珈珈朝著我揮手。我走到她身邊，在她幫我佔好了的位置坐下，「教授還沒來，呼……害我跑超快的。」

「剛剛教授的助理說教授會晚個二十分鐘到，路上有事情耽擱了。」

「喔。」我大口地吐著氣，拿出面紙擦掉額頭上微微冒出的汗珠。

「看妳在文學院門口聊得這麼開心，我還以為妳忘了這堂課的教授超討厭學生遲到的。」

「怎麼可能忘記，早就牢牢記住了。」我吐一口氣，對珈珈眨了眨眼，雖然準時上課本來就是學生的本分，但是稍微摸清楚授課老師的原則絕對是必要的，「咦？妳看見我了喔？那怎麼不等我一下？」

「我是在旁邊等了妳一會兒，不過看妳聊得這麼開心，而且明明已經準備走了，卻又折返回去，我不忍心打斷呀……」珈珈眨了眨她畫上淡淡眼妝的左眼，「所以我應該先到教室佔個好位置，再好好聽妳說說豔遇什麼的。」

「誇張！哪有什麼豔遇。」

「少來！方曜慎耶！那時候我站在文學院門口等妳短短幾分鐘而已，妳不知道有多少豺狼虎豹虎視眈眈地看著妳和方曜慎嗎？」

「妳怎麼知道他叫方曜慎？」

珈珈攤了攤手，「誰不知道方曜慎，我還知道他是籃球校隊的隊長，好像每項運動都很厲害，功課也不錯，重點他是那種長得又高又帥，迷死人不償命的類型。」

迷死人不償命？

我抓抓頭，想了一下他的臉以及他帶著笑容說話的模樣。

「他外型是滿好看的沒錯啦，但是『迷死人不償命』未免太誇張了些。」

「一點也不誇張，光是我剛剛說那些女生像豺狼虎豹妳就知道一點也不誇張了。」

珈珈揚起眉毛，一副千真萬確的樣子。

我懂珈珈口中「豺狼虎豹」的意思，大概是指班上幾個女同學每當看到外型比較出色的男生就會做出瘋狂行徑。不過，說穿了她們也只不過是勇敢追求自己所愛罷了，換個角度想，說不定這樣的勇敢反而更能追求到真愛。

「不過，孜螢……」珈珈挪動身子，往我靠近了些，「我怎麼不知道妳認識方曜慎啊？也從沒聽妳提過他啊！有這樣的極品，妳竟然藏這麼久。」

「不是啦！我也是上一堂的通識課才認識他們的。」

「他們？」

我點點頭，拿出他們給我的紙條，遞給珈珈，「這些人。」

「哇！還有林嘉宇……鄭志宥……林任威……都是籃球隊的耶。」

「妳連這都知道？」我的驚訝並不亞於珈珈，「妳什麼時候這麼關心籃球運動了？」

「我關心的不是籃球運動，我只是對帥哥的敏銳度比較高而已。」

我噗哧地笑了出來，看著表情很曖昧的珈珈，「真的很好笑耶妳。」

「拜託，不然妳在學校隨便拉幾個人來問，有誰不知道他們。」

「真的假的？我怎麼都不知道。」

「對啊！」珈珈認真的表情，使她說的話增加了很多可信度，「上一屆比賽的時候，妳就不知道有多精彩，那時，跟我們一樣是大一的方曜慎還有林任威超強的，聯手拿下三十分左右，大家都超為他們瘋狂。聽說他們是同一所高中畢業，高中的時候也是籃球隊的，所以默契超好。」

「去年的比賽……」我抓了抓頭，回想去年我為什麼沒有去看比賽。

「別想了，當時妳正忙著療傷，情傷！」珈珈抿抿嘴，她像我肚子裡的蛔蟲一樣，連我在想什麼都清清楚楚的。

嗯，情傷。

記得在當時分手之前，我還興沖沖地邀珈珈和阿杜一起去看比賽，只是後來發生和林韋詔分手的事，難過得連最喜歡看的籃球比賽都沒有興致觀賞，也因此，原本想要報名加入幾個社團的念頭通通被我忽略掉了。

原本應該過得更多采多姿的大一生活，好像相反地成了我的「黑暗時期」，而在進入大學校園之前就計畫著該怎樣開始大一新生活的想像，好像因為林韋詔的事情整個變調了。

然後，時間莫名其妙地就來到了大二，現在想起來，大一的大半時間裡好像也沒有深刻地留下什麼。不過，我清楚地知道，幸虧有珈珈和阿杜的陪伴，否則我肯定過得更糟糕、更頹喪。

回過神來，看見珈珈修長的手在我面前晃呀晃，「孜螢，在想什麼啊？」

我尷尬地笑了笑，「沒有啦！只是想起錯過的籃球賽……還有某些錯過了的東西，好像很多大一新生的樂趣……都錯過了。」

「別想太多啦！」珈珈很聰明而且了解我，立刻了解我指的是什麼。

「不過，妳和阿杜是我最大的收穫。」

「好迷人的甜言蜜語唷！」珈珈十指交握，一副陶醉的樣子，我不禁笑了出來。

「不是甜言蜜語，是肺腑之言。」

「都一樣啦！對了，妳還沒告訴我，妳怎麼會有他們的聯絡資料啊？」

「喔，因為我們同一組做報告啦！」

「超幸運的耶！早知道這樣，我就算賄賂，也要請那堂課的一位同學退選，努力地擠上去。」

我用食指碰了碰珈珈的額頭，「妳真的非常誇張耶！原本我還很煩惱整間教室都沒有認識的人，要是分組什麼的該找誰，還好有他們主動找我。」

「這根本是中樂透嘛……」掛在珈珈臉上的誇張表情沒有減少。

「妳如果知道在分組前那段超丟臉的小插曲，妳就不會覺得是中樂透了。」我把在課堂上猛打瞌睡到一起假藉搬書的名義溜去喝咖啡的經過，一五一十地告訴了珈珈。

「哇！他們未免也太貼心了吧！」

我輕輕地嘆了一聲，「我覺得自己超丟臉的，至於他們的貼心舉動，當時我還覺得莫名其妙，後來才知道原來……」

「原來怎樣？」珈珈好奇心嚴重氾濫，似乎連我稍微的停頓都無法等待。

「上星期上完體育課的時候，我不是把背包忘在體育館嗎？」

「遇見大鬍子教練那次？」

我點點頭。那天，回到住處我就把事情和阿杜還有珈珈分享過了。

珈珈露出恍然大悟的笑容，「對耶！我都忘了。」

「所以剛剛妳不是看見我已經轉身要走進文學院，又折返叫住他嗎？我就是要威脅他不准把我打瞌睡的事情張揚出去，順便提醒他，跑十圈操場的懲罰就算是欠我的。」

「哈哈！太好笑了你們！還真是誰也不讓誰。」珈珈邊笑邊輕拍打著桌子，這是珈珈的招牌動作之一，每次看見珈珈這樣的動作，都讓我不禁想到「拍案叫絕」四個字。

「拜託，是他太機車了，說什麼以為我是好學生什麼有的沒的，笑我打瞌睡太誇張……」我皺皺鼻頭，「所以我才以其人之道還治其人之身的。」

「唉呀！王孜螢又不是開不起玩笑的人，幹麼這麼在意？」

經珈珈這麼一說，想想好像也是這樣，我本來就不是開不起玩笑的人，更何況不是明明也知道方曜慎只是開玩笑的嗎？

「反正，我就是覺得不想這樣被他消遣，應該反將他一軍就是了。」

「到時候誰被反將一軍都不知道喔！」坐在珈珈後面趴在桌上小睡的阿杜，睡眼惺忪地醒來，拄著下巴看著我們。

「阿杜，睡覺就睡覺，幹麼偷聽我們講話啊！」珈珈敲了一記阿杜的頭。

「我還怪妳們擾人清夢呢！呼！趁教授還沒來，我先去洗把臉。」阿杜站起來，露出有些倦意的笑容，然後拍拍我的頭，「孜螢，人家可是標準的少女殺手，到時候被將軍的搞不好是妳唷！」

9

終究還是到了這一天。

這天的課上到比較晚，我去圖書館找了幾本想看的書，準備回住處時，在走往停車場的途中接到了林韋詔的電話。他說他們系上跟我們學校的會計系合辦活動，現在剛開完會，正在學校的活動中心，問我是不是在學校裡，可不可以一起吃個飯。

接到電話的時候，我原本想直接告訴他我已經回到住處了，可是學校的鐘聲非常巧地響起，和我從手機聽筒聽到的鐘聲絲毫不差地相互呼應。我只好據實地回答我在走向停車場的路上，他要我等他三分鐘，他會立刻過來找我。

反正這樣逃避也不是辦法……

我坐在一旁的矮欄杆上，這樣正好可以往活動中心的方向看去，而他來了的話，應該也可以馬上看到我。

等一下該怎樣面對他呢？見到他，第一句話我應該說什麼呢？如果待會兒跟他去吃晚餐，我真的能夠自自然然地和他聊天嗎？

唉，算了，就算想好了台詞，和他的相處也不可能全都照著自己的劇本走，就算再怎麼不願意跟他去吃飯，也已經錯過拒絕他的最佳時機了。既然都坐在這裡等他了，不如就順其自然吧！

「小螢！」遠遠地，他喊了我的名字。

站起身，我將手機放進背包，「好久不見。」

「對啊！好久不見。」他站在我面前，「沒等很久吧？」

我搖搖頭，然後看見他因為奔跑而微微冒汗的額頭，我幾乎要習慣性地拿出面紙幫他擦拭。不過，一有這樣的想法，我的理智隨即提醒自己，我和他的關係一點也不適合再做出這樣的舉動，「三分鐘就到這裡，你跑很快吧？」

「我擔心妳等太久。」他笑笑的，是從前我最喜歡的微笑。「況且，剛剛開了好久的會，我肚子也餓了。」

「那……你想吃什麼？」

「都可以，這附近我也不熟，妳決定吧。」

我想了想，「不然，帶你去一家簡餐店，便宜又好吃，是前陣子才開的。重點是，那裡有你喜歡的石鍋拌飯。我們走路過去就好，你覺得呢？」

他帶著淡淡的微笑，點點頭，「沒想到妳還記得石鍋拌飯？」

「嗯。」我盡可能用輕鬆自然的語氣與表情回應他，「走吧！」

我當然記得，有些事情，不是說忘記就能忘記的。

儘管只是他喜歡吃石鍋拌飯這種小事，但對曾經的我來說，是必須牢牢記在心中的。

走在他身旁，我發現，儘管好久沒有見面，這一切還是這麼熟悉。這樣的身高差、這樣的步伐、這樣的並肩而行，只是……從前他會用他溫暖的大手牽著我的手，但現在即使兩個人靠得很近，卻因為關係的改變，我們之間彷彿隔著一條名為「陌生」的河，雖然無形，卻真切地隔開了我和他之間的距離。

「對了，你們和會計系合辦什麼活動啊？」

「迎新聯誼舞會。」

「聽起來滿有趣的耶。」我停頓了幾秒，「地點呢？」

「應該就在你們學校。」

「嗯，還以為會在外面的 pub 呢！」我想起去年剛進大一的時候，林韋詔也參加了他們系上舉辦在 pub 的舞會，當時他還帶著我一起參加。

「原本是要比照去年的模式，不過預計邀請幾位知名的歌手現場演唱，同時想開放外系的同學參加，所以需要大一點的場地。」

「活動日期出爐了嗎？」

「下個月初，最快大概下星期妳就會看到宣傳旗幟了。」

「哇！弄得這麼盛大？」

「是啊！因為有經費的考量，所以非主辦科系的同學要參加的話，採門票制入場，到時候我再拿幾張票給妳。」

「再說囉！」我聳聳肩，「謝謝你。」

10

「好吃嗎？」

「嗯，很好吃。」

「看吧！之前阿杜帶我和珈珈來吃的時候，我就猜這是你會喜歡的口味。」

「都逃不過妳的法眼。」

「當然。」我笑了一下，舀起一匙飯放嘴裡，卻不小心燙了口，「啊！」

「喝點水，妳總是這樣。」林韋詔貼心地將裝了檸檬水的杯子遞給我。

我不好意思地拿起檸檬水喝了一大口，直到緩和一些，才再次拿起湯匙，繼續吃著我的石鍋拌飯。

「其實我很意外妳點了這個口味，我以為妳會吃泡菜雞肉口味。」

我看了他一眼，快速地思考了一下應該怎麼回答這個問題。最後我選擇了一個避重就輕的答案，「有一次吃了珈珈點的泡菜牛肉，覺得這個口味還滿好吃的。何況，習慣也會改變的。」

假裝自然，假裝若無其事，其實我的心臟因為他的問題，稍稍加快了跳動的頻率。

過去和林韋詔交往的三年裡，由於兩人都是向爸媽拿零用錢的高中生，不是想吃石鍋拌飯就隨時能夠吃，所以為了一次能吃到兩種口味的石鍋拌飯，我們每次都會點兩種不同的口味，兩個人交換著吃。

而當時因為林韋詔不吃牛肉，所以和他一起用餐時，我總是會選擇泡菜雞肉或是泡菜豬肉口味，才能和他交換著吃。分手後，一來因為不用再和他約會，所以再也不用顧慮林韋詔吃不吃牛肉的習慣，二來也因為某種心理因素的驅使，就是覺得自己該換個口味，改吃和他在一起時沒點過的泡菜牛肉，這樣才不會太過於想念他，使自己太難過。

「嗯……」林韋詔輕輕地點了點頭，然後低下頭舀起一大口飯，好像想說些什麼，又似乎欲言又止。

平常，我倘若發現對方有那麼一點點欲言又止，絕大多數的時候我都會請對方繼續說下去，但此刻我在心裡默默地向老天爺祈求，就讓我們的重逢時刻，開始以及結束都只圍繞在「這家簡餐店的餐點不錯」這些簡單的小事上。

說多了，恐怕也會牽扯到我最不想談到的話題吧。我還不能確定自己是不是真的能夠自然地和他聊些與感情有關的事。

「小螢。」

「嗯？」

「我沒想到我們還能像現在這樣一起吃飯，甚至從沒想過，在那之後妳還願意接我的電話。」

我尷尬地苦笑了一下，選擇實話實說，我知道很多事情是瞞不過他的，「我自己也覺得意外，不瞞你說，像今天……我本來是要拒絕的。」

「我想我是被鐘聲拯救了吧？」

我驚訝地看著他，「連這個你也猜得出來。」

「當然，我曾經是最了解王孜螢的人呢！」

「是呀……」緩緩地，我吐了一大口氣。

「小螢，我知道妳不想提，但我還是覺得欠妳一個抱歉。」他誠懇地看向我，「真的對不起。」

「過去了就算了吧！快吃吧。」我指著他的石鍋拌飯，「祝福你跟她可以一直開開心心的囉。」

「我和她……」

「快吃吧！」我又強調了一次，就算很不自然，就算真的很明顯，我還是決定打斷他的話。

因為，我還不想聽。

11

回到住處時，已經晚上九點多了，客廳的燈沒開，阿杜和珈珈應該都還沒有回來。

我放下背包，打開電視，躺在沙發上隨意翻了翻今天從圖書館借回來的書。

因為是一本早就想看的書，一翻開便一發不可收拾地閱讀下去，直到手機鈴聲響起，才打斷了我的閱讀。

「喂？」

「喂，我是阿慎。」

「我知道啊。」

「明天妳會去上課嗎？」

「會啊！難道你們不會嗎？」

「我們現在整個球隊還在台北開慶功宴，晚一點會回去，但是……」

「可愛的王孜螢同學啊……如果教授事先說要點名，記得通知我們唷！」手機話筒裡傳來的聲音換成了阿威，顯然是阿威把手機搶了過去或是在旁邊講話什麼的。

「喔。」

「等我一下。」阿慎的聲音比剛剛清楚了些，而背後的噪音也少了一點，「阿威喝多了，別理他。」

「你們喝酒喔？」

「嗯，到台北打了一場友誼賽，是教練的學弟帶的隊伍。他們是互相競爭了好幾年的關係，所以今天我們贏了，教練超開心的，連他都開心到喝醉了，妳說誇不誇張？」

我停頓了幾秒，聽著聽著好像也感受到他們的歡愉，「大勝嗎？我聽我室友說你和阿威的默契極佳，在去年的一場比賽裡聯手拿下三十分。」

「呃，今天險勝個五分，對方也是北區一支很強的隊伍。能讓教練這麼樂，妳覺得會是普通實力的對手嗎？」

「也對。」一想想，覺得挺有道理的，「那你們怎麼回來？聽起來像一群酒鬼耶。」

「我們是租車上來的，原則上再晚一點就回去了。」

「好，明天如果教授事先說要點名，我會趕快通知你們。」

「謝謝。」

「別忘了手機保持暢通，酒鬼很難叫醒的。」

「放心，我只是意思意思地喝了一杯，那就麻煩妳了。」

「小事一樁，只是，別忘了我的救命之情喔！」

「哈！跑十圈操場外加點名通報之恩嗎？」

「沒錯。」

「那我上次這麼發自內心解救妳逃脫打瞌睡的環境，這件事應該怎麼抵銷？」

「方曜慎！你很愛計較耶你。」我輕哼了一聲，「不過……既然你都這麼說了，那跑操場就扣個一圈好了。」

「哈哈！」話筒裡傳來他的笑聲，我彷彿看見了他帥帥的笑容，「那就感謝妳的大恩大德了。」

12

手上的一本書看了將近三分之一時，我突然覺得有點疲倦，決定去洗個澡，準備到房間休息。看看時間，原以為洗完澡之後阿杜和珈珈都會回來了，沒想到客廳依然冷冷清清的，最後我只好失望地回到房裡準備就寢。

走進房間，原本已經十分疲憊的我，卻在收拾好隔天上課要帶的課本之後突然變得很有精神。於是拿出手機躺在床上，先是打給阿杜再打給珈珈，結果阿杜還在學弟家玩線上遊戲，而珈珈則小聲地告訴我她正在看電影，應該會凌晨才回來。

本想跟阿杜還有珈珈聊今天和林韋詔一起吃晚餐的事，沒想到這兩位平常極愛鬥嘴的室友今晚這麼有默契地同時晚歸。

原本想告訴他們，我發現跟林韋詔吃飯其實也沒有這麼恐怖，還想和他們分享我和林韋詔聊了什麼，也想告訴他們，今天相處下來，雖然還是不太想提林韋詔和那個女孩，但我好像已經可以像個朋友一樣地和他聊天了。

想了想今天和林韋詔的相處，從一開始的緊張到後來像老朋友一樣聊天，雖然有些事情是我不想再和他聊起的，不過今天能夠這樣大方地和他吃飯，對我來說已經算是一種進步了。記得很久以前，當我哭著問珈珈，到底要怎麼樣才能夠算是真正把林韋詔忘掉，珈珈回答我，要是我能夠愈自然地和林韋詔相處，或是可以大方地提起林韋詔，這樣就代表林韋詔已經離開了王孜螢的心裡。

我承認，今晚王孜螢和林韋詔的相處沒有百分之百像珈珈說的那麼自然，但是我很清楚心裡那份坦然，至少沒有當初分開時那種不捨與傷心埋怨的感覺，也沒有從前在一起時心跳加快的感受。

想著，手機通訊程式的鈴聲響起，打斷了我的思緒。

「小螢，今天很開心和妳一起吃飯，我以為我們再也不會有這樣的一刻，真的非常謝謝妳，讓我有機會面對面親口對妳說聲抱歉。」

我反覆看了林韋詔傳來的訊息，猶豫是不是應該也回個訊息給他。最後我決定回個表情符號的時候，又收到了另一則訊息。

「睡了嗎？」

我看了一下傳訊者，是方慎曜。

「還沒。」我直接回覆。

「那麼，我打電話給妳，可以嗎？」

「好。」

幾秒後，我的手機鈴聲響了起來，於是我按下接聽。

「喂？你們還沒散會唷？」

「是啊！但我有點累，出來透透氣。」

「該不會是喝醉了吧？」

「怎麼可能？剛剛說過啦！我意思意思喝了一杯而已。」

「嗯。」

「妳呢？這麼晚了還沒睡？」

「剛剛收拾了一下，精神突然變得滿好的，呼……本來準備睡了的，而且……」

「而且什麼？」

「而且原本想和室友聊聊天、吃吃消夜啊！結果他們都還沒回來，只剩下我孤家寡人一個，哈！」

「好像嗅到一點點寂寞哀傷的氣息唷！妳不喜歡獨處？」

「哪有！」我輕哼了一聲，「我才不是不能忍受一個人的人呢！只是習慣了有他們在，而且今天特別想跟他們聊聊。」

「他們常常這樣嗎？」

「不一定耶。」我想了想，然後回答了他。

「不然，如果以後遇上這種情形，有想聊的、想說的，」他在電話那頭，停頓了一下，「那就跟我說好了，當然前提是妳不介意的話。」

「跟你說？」我轉了身，有點訝異他會說這些話。

「嗯，我聽妳講。」

他輕輕地說，低沉的嗓音透露出毫不修飾的誠懇，而且很奇怪，只是簡單的一句話，卻讓我感覺暖暖的。「真的可以嗎？」

「當然，君子一言。」

「不管開心的或是難過的？」

「是啊。」

聽見電話另一端的他用這麼斬釘截鐵的語氣簡單而乾脆地給了我答案，反而讓我不知道該說什麼話來回應他。

也許因為我沒說話的關係，耳邊又傳來了他低沉的嗓音，「當然，剛剛說過了，前提是妳不介意。」

「當然不會介意。」

「那就好，以後想找人說話卻找不到人的時候，都可以跟我說，無論是用電話、訊息，或是想要出去走走，就找我吧！」

「方曜慎……」暖暖的感受洋溢在心裡沒有散去，卻不知道該說些什麼來回應他的真誠，我只好又和他開起玩笑，「有這樣棒的超級垃圾桶，我真是太幸運了。」

「我這麼掏心掏肺，妳竟然用垃圾桶來形容我。」

我笑了出來，然後聽到電話那頭似乎有人喊他的名字，「他們是不是在叫你了？」

「嗯。」他笑了笑，「差不多要離開了，我先掛電話，妳早點睡吧。」

「好的，晚安。」放下手機，因為他的體貼而有種淡淡的感動，能遇見像他這樣的朋友，真的很開心。

想著，我又忍不住拿出手機，打開通訊程式傳了個訊息給他。

「謝謝你，方曜慎。」

隔天的通識課，我同樣在昏昏沉沉中度過了第一節，但這次並沒有像之前那堂課那麼誇張，也許是因為身上背負著對另外四個組員的承諾，加上必須認真聽聽看教授有沒有透露下節課會點名的訊息，所以我強打著精神，吃了三顆口香糖提神，上課內容的重點幾乎都掌握住了，而且教授竟然很爽快地說今天不點名，於是，第一節下課我立刻拿起手機，分別傳了簡訊給我的四位組員，告訴他們可以繼續安心補眠之後，我也放鬆地趴在桌上，想要休息片刻。

但是，一旦真的可以趴下休息了，卻怎麼樣也睡不著。我突然可以確定每次上這堂課就會想睡的緣故，有大半來自教授說話的語調，沒有教授在旁邊「助眠」，好像真的睡不著的樣子。

才剛這麼想，就有人拍了拍我的頭。

會是誰啊？短暫的念頭在腦中閃了一下。到目前為止，我在這堂課上認識的人也只有方曜慎他們啊。

「啊？」我坐直身子，先是看見在我面前搖晃的咖啡，然後看見了我的垃圾桶——方曜慎。

「你怎麼來了？」我睜大了眼睛。

他輕輕地將咖啡放在我的桌上，接著在我身旁的座位坐下，「我們四個都蹺課，妳太辛苦了。」

「怎麼會……」我笑了笑，「我剛剛才傳簡訊給你們呢，有沒有看到？」

「看到了。」

「所以其實你今天可以安心補眠啊。」

「嗯，只是……」

「擔心教授突然點名嗎？」

他帶著淡淡的微笑，搖頭，「我不是擔心被記曠課，只是覺得對妳過意不去。況且，如果教授今天要我們分組做什麼的話，全組只剩妳一個人，整個就太悲情了。」

「其實還好啦。」看著他，我心裡突然又閃過和昨天晚上類似的感覺，暖暖的。

「對了，原本阿威那傢伙也要一起過來的。」

「然後呢？」我揚起了眉，猜到了十之八九。

「因為阿志他們喝比較多，所以昨天晚上回家的路上，我和阿威決定今天還是應該出現才對，不該把這一切交給妳。」他看我點了點頭之後，繼續說著，「結果今天早上去叫他，他睡得跟什麼一樣，完全沒有理會我。」

我哈哈地笑了，「你們住在一起喔？」

「我們住同一棟，他住我樓下。」

「嗯。」

「那教授上一節課有說什麼嗎？」

我搖搖頭，「沒有，在我理智清楚的限度內，沒有接收到任何重要的訊息。」

他開朗地笑了，然後敲了一記我的頭，「我突然覺得我們派錯代表了。」

「喂！」我狠狠地瞪了他一眼。

14

還好有方曜慎。

第二節課，教授雖然沒有點名，卻臨時出了一個分組作業，要我們查完資料後，簡單地做好摘要，在今天晚上十二點前以電子郵件的方式寄給他。

但因為緊接著我還有課，所以約好下課後我到學生餐廳找方曜慎，一起吃完午餐，再到圖書館蒐集與作業有關的資料。

因此，時間非常寶貴，當下課鐘聲一響起，我就趕緊收好東西，並且告訴珈珈和阿杜今天不跟他們一起吃午餐後，便衝出教室，準備往約好的學生餐廳前進。我才衝出教室，往樓梯口的方向跑了幾步，就被站在一旁的人拉住了手臂。

「啊！」我停下腳步，嚇了一跳，抬起頭才看見拉住我的是方曜慎，「怎麼是你？」

「剛下課吧？」

我點點頭，無奈地嘆了一大口氣，「對啊！害我超緊張的，餐廳一定擠滿了人。」

「所以我先買好午餐了。」他帶著微笑，晃了晃手上的午餐，「省得人擠人。」

我看著他，覺得他真的很體貼，好像一個簡單的小舉動就把我心裡的擔憂一掃而空，「謝謝你，不過……你會不會買太多了？」

他往教室的方向看了一眼，「我順便買了妳室友的份，他們還沒離開吧？」

「還沒。」珈珈不知從哪兒冒出來的，笑嘻嘻地和阿杜一起站到我身邊。

「你好，我們一起打過球，記得嗎？」

「當然，」方曜慎伸出了拳頭，輕輕地搥向阿杜的肩，「沒想到你們是室友，該說世界很小嗎？」

「是啊！」

「哇！方……方曜慎，這午餐也包括我和阿杜的嗎？」

他輕輕笑了一下，微微地點了點頭，「一起吃吧！」

「太棒啦！那我們到教室去吃？走吧！」珈珈一臉興奮，在得到大家的同意後，便開心地拉著我的手，匆匆走進原先上課的教室。

「哇塞！方曜慎耶……」珈珈低聲地對我說：「可以跟他一起吃飯多榮幸呀。」

我微微轉頭，看了走在我們後面聊起籃球的阿杜及方曜慎，確認他們沒有聽見什麼，才又低聲地回答珈珈，「珈珈，妳真的太誇張了啦！」

「一點也不誇張，而且他未免也太體貼了吧！」珈珈親暱地勾著我，「怕餐廳人多，先幫妳買午餐，就已經大大加分到九十分了，竟然連我和阿杜的份都一併安排好，這簡直飆破一百分啊！」

「嗯……」關於這點，我沒有否認，剛剛看見他手上的午餐時，我的心裡確實也因為他的舉動而感到開心。儘管我心裡沒有珈珈那塊評分板，但如果有的話，我肯定也會幫他加個幾十分。

「你們先進去，我們去上個洗手間喔！」珈珈偷偷地輕撞了我一下，轉身告訴他們之後，便拉著我的手，往走廊底端洗手間的方向走去。

「珈珈，妳是真的想上廁所嗎？」

「哈哈！」珈珈終於放開了勾著我的手，豎起大拇指做出稱讚的手勢，「知我者，孜螢也。」

我輕哼了一聲，「怎麼了？」

「我問妳唷！」她曖昧地瞇起了眼，「方曜慎是不是在追妳？」

「追我？」我張大了嘴。

「對啊！」

我想都沒想，堅定地搖搖頭，「絕對沒有。」

「是嗎？」珈珈一樣不死心。

「真的沒有。」

珈珈露出狐疑的表情，停頓了幾秒，「那他為什麼對妳這麼好？」

「妳說買午餐這件事嗎？就是我剛剛跟妳解釋的那樣呀……我們要把握時間，對這份突如其來的作業我們連個頭緒也沒有。」

珈珈想了想，伸出食指左右搖晃著，「我就是覺得他對妳特別體貼。」

體貼……

是啊！從認識他以來，我發現他確實是一個很體貼的男孩，有的時候甚至會做出令人意想不到的舉動，讓人覺得很溫暖、很安心。

「我想，他本來就是這樣一個體貼的好人吧。」

「哎呀！這麼棒的極品，孜螢妳可要好好把握！」

「我要把握什麼呀我？」

「妳知道我在說什麼。」珈珈很故意地將臉湊了過來，「這種好男孩不多了。」

「想太多了。」我捏了一把珈珈的臉，「再說，妳都說他是極品了，妳覺得極品輪得到我嗎？」

「別妄自菲薄。」珈珈聳聳肩，表情看起來像個占卜大師般深不可測，「感情這種事情就是妙得很。」

「就算感情的事很奇妙，但是我記得有人說過喜歡他的豺狼虎豹一堆，我連號碼牌都沒抽，連入場資格都沒有。」

「妳沒聽過空降部隊嗎？」

「最好是。」我拉了拉珈珈的手，往回走向教室，「好啦！我們回去吧！我真的有點擔心今天的作業。」

「好吧！不過，有任何進展都一定要告訴我唷！」

「放心，我一定會向妳這個軍師報告的，只是很可惜，關於進展這兩個字，妳可能會失望喔！」

「那可不一定。」

「對了，昨天妳和阿杜都晚歸，我原本要跟你們說一件事的。」

「什麼？」

「我昨天和林韋韶見面了。」

「什麼？」珈珈睜大眼睛，一副聽到天大消息的模樣，「我竟然錯過這種事。」

我苦笑了一下，把他打電話約我吃飯的事情以及吃飯的經過大概說了一遍，「雖然還是有一點點不自在，我也不想提起他和那個女生的事情，但整個感覺已經釋懷了許多，我覺得……自己好像進步了耶。」

「孜螢。」珈珈換了個表情，用認真的眼神看著我，「難為妳了，這段日子。」

「是辛苦妳和阿杜了吧！還好我很幸運，有你們陪著我。」

「接下來，不管妳和林韋詔有沒有可能死灰復燃，努力地尋找下一段戀情就對了，重要的是心打開了。」珈珈笑了，是充滿對朋友關心祝福的笑容，然後指著心臟的位置，「加油，王孜螢。」

15

「妳們也去太久了吧？好餓呀。」阿杜故意白了珈珈一眼，「而且在說什麼加油不加油的。」

「加油趕作業不行嗎？」珈珈從不會甘心示弱。

「當然行。」

我搖搖頭，瞥見方曜慎也帶著淡淡的笑意看著他們。「你看，我這兩個室友是不是歡喜冤家來著，還好兩個人沒有交往，不然我們家的天花板遲早會被掀開。」

「哈哈！沒妳說得這麼恐怖。」方曜慎指了指便當，「快吃吧！」

於是我們都打開了便當，開始吃起自己的午餐，大家都餓了，沉默地吃了兩三分鐘之後，珈珈首先開口。

「今天的便當感覺特別好吃。」珈珈看著方曜慎，「託你們的福，我和阿杜才有這個口福，謝謝囉。」

「不客氣，因為我聽孜螢說原本你們今天會一起吃午餐，想想，臨時來了我這個程咬金，我也滿不好意思的，所以就幫大家買了。」

「珈珈，方曜慎買的便當就妳說特別好吃，平常我幫妳買吃的喝的，也沒聽妳說過這種話。」阿杜拿起筷子，在珈珈面前點呀點的。

「拜託，等級差太多了。」

「太過分了。」阿杜哼了一聲，繼續埋頭吃起他的便當。

「喔！對了，」方曜慎突然看向我，「我剛剛打電話給阿威他們，應該都還在睡，竟然沒有人接我的電話，晚點再和他們聯絡看看，真抱歉。」

「嗯，可能真的喝太多了，宿醉很難受的，沒關係啦。」

「是啊！當時妳就吐得一塌糊塗，連蹺了隔天滿堂的課。」阿杜突然接話。

「嗯？」方曜慎顯然因為阿杜的話感到好奇，轉頭看我。

「嗯，大一的時候啦！有一次不小心喝太多啤酒了。」我尷尬地苦笑了一下。

「因為開心嗎？狂歡什麼的？」

珈珈停下筷子，「錯，恰恰相反，我們的孜螢因為那天失戀，豪邁地邊哭邊一口氣喝了好幾瓶啤酒，喝得又猛又急。」

「這樣呀，這種感受我懂。」方曜慎看了我一眼，不知道是不是錯覺，我似乎看見他眼底一閃而逝的同理，讓人覺得他不是說說而已，而是自己曾經真切地感受過一樣。

「你這種極……」我停住差點脫口而出的「極品」兩個字，修正了一下我的用語，還意外瞥見在一旁竊笑的珈珈，「極多女孩追求的籃球隊隊長，也有像我一樣失戀的過去喔？」

「當然。」他聳聳肩，臉上沒有半點開玩笑的表情，「其實……總之，感情這種事情是很奇妙的。」

這是今天第二次聽到這句話。

第一次是珈珈說的，第二次是方曜慎說的，真巧。

不過，在說這句話之前，方曜慎是不是還想說什麼？

16

「好飽喔！」和方曜慎走往圖書館的路上，我忍不住打了一個嗝。

「學校餐廳的便當本來就是又大又便宜。」

「謝謝你，可是你堅持不收錢，又害你破費了。」

「只是小錢而已。」他抿抿嘴，「對了，剛剛很抱歉，我原本以為妳之所以宿醉是因為狂歡。」

聽了他的話，我會意過來，「喔……沒關係的，我沒有覺得怎麼樣。」

「真的是失戀啊？」

「真的啊，現在想起來，當時還真是瘋狂，買了好多啤酒，又哭又笑地在司令台前發酒瘋，而且空腹喝，阿杜和珈珈根本攔不住我，捨命陪君子的下場是三個人不但回不了宿舍，隔天都宿醉，只好蹺課。」

「那現在呢？」

「什麼現在？」我偏過頭看他，疑惑地問。

「失戀這件事情，走出來了嗎？」

我想了想，然後點點頭，「應該算走出來了吧！」

「那就好。」他嘆了一口氣。

「雖然曾經很痛很痛，覺得天就要塌下來一樣。」

「嗯，是呀。」

「對了。」我想起剛剛在教室的時候，總覺得他好像有什麼話沒說完，「有件事情，我不知道可不可以問。」

「什麼事情？」他輕聲問我，冷不防伸出手輕輕敲了一記我的頭，「我可是把妳當成好朋友，好朋友之間有什麼不敢問的。」

「在教室的時候，你說『感情這件事情是很奇妙的』的。」我吐了一口氣，「那時，你是不是有什麼話想說卻沒有說？」

他哈哈地笑了，但這次的笑容不但沒有平時的開朗，反而有種淡淡的無力感，「連這也猜得出來。」

「所以你想說的是？」

「我想說的是，儘管我真的很幸運，有一些女孩喜歡我，但自己真正喜歡的人卻不見得會為我停留。」

「方曜慎……」我停下腳步，微微轉身面向他，這次，從他眼裡看見的，是一股強烈的悲傷，「你還好嗎？」

他苦笑了一下，「當然好，放心。」

「是這樣嗎？」

「記住，我們一定要過得開開心心的，這樣才能有足夠的勇氣去追求喜歡的人，將自己的開心帶給對方。」

「好，我記住了。」我用甜甜的笑容回應他，發現這樣站在燦爛陽光下，他好像又恢復了以往的開朗。

「阿慎！」遠遠地，聽見有人喊了他的名字。

我們同時往聲音傳來的方向看過去，往我們這邊走來的，是三個滿漂亮的女生。

「阿慎，好巧，剛剛打你手機沒接，想說完蛋了。」走到我們面前，站在中間的女孩說話的時候還瞄了我一眼。

「喔，是嗎？剛剛調靜音了。」方曜慎露出抱歉的笑容，「怎麼了？」

「剛剛發現我今天要交的資料檔案突然打不開了，想麻煩你幫我看看能不能救回來……」

方曜慎停頓了一下，用很溫柔的語氣問：「沒有備份嗎？」

「有，只是……我也不清楚到底怎麼了，你知道我本來就對電腦不熟，所以想麻煩你幫忙。」女孩又偷瞄了我一眼，和她的目光交會時，我刻意地移開視線，「你們有事嗎？」

「我們要去圖書館找些通識課的資料。」

那個女孩嘟起了嘴，淡粉色的腮紅在陽光下顯得更粉嫩了些，刷了睫毛膏的長長睫毛很恰當地襯托出她的大眼睛，她嘆了一口氣，「很急嗎？」

「今晚十二點以前要交的。」方曜慎回應她的時候看了我一眼，而我看出他眼中些許的為難。

「不然你就先幫我們看看嘛！今天排戲要用到的資料，說不定只要五分鐘呀！」左邊短髮的女孩說。

「這……」

「阿慎，拜託你一下，剛剛思怡急得都快哭出來了，你不會見死不救吧？何況她可是思怡耶。」右邊的女孩也加入了說服方曜慎的行列。

何況她可是思怡？這句話的意思是這個名叫思怡，長得很漂亮，身高將近一百七的女孩大有來頭嗎？不然她的朋友怎麼會說這樣的話？

我納悶地猶豫了幾秒，雖然我認為我們的作業也很急，但在這裡浪費時間也不是辦法，於是乾脆地打斷了他們的拉鋸，「不然，你就先幫她們看看吧！」

「這樣好嗎？」方曜慎遲疑地問我，我知道那種表情是覺得對我很抱歉。

「說不定真的只需要幾分鐘而已啊。」我擠出笑容，「那我先去圖書館，你弄好再來找我。」

「嗯，我盡快。」

「我先走了。」我往前走了幾步，然後方曜慎叫住我，「怎麼了？」

「謝謝妳。」

17

耳聞這個通識老師大刀的威力可真不是蓋的，臨時來交代作業不打緊，原本以為內容只要一頁A４紙即可完成的作業，找找資料就能輕鬆繳交，可是拿了幾本參考書籍閱讀之後，才發現教授的出題看似簡單，其實一點也不容易。

連續找出五六本有關聯的書，我坐在閱讀的書桌區開始翻找可以使用的資料，盡可能以最快的速度記下有效訊息。當我埋頭努力時，有人坐到了我身旁的位置。

「同學，一個人嗎？」那個人輕聲地說。

我看了他一眼，用氣音抗議，「阿威，你要嚇死人唷！」

「看妳認真的！」

「沒辦法啊！原本以為範圍很小，要完成應該不會太費力，結果……」我抿抿嘴，指著眼前的書，「這些都是要參考的書，你現在應該清醒了吧？」

「沒清醒的話，我怎麼走得到這裡找妳？」

「也對，那快幫忙。」我把其中兩本放在他面前，「麻煩你囉！」

「這是應該的，我們才對妳不好意思，真的。」

「不會啦！你們也沒料到今天會有這個臨時任務啊。」我給了阿威一個笑容，希望他別把這件事放在心上，「對了，是方曜慎告訴你我在這的嗎？」

「是啊！他打了好幾通電話給我，終於把我叫醒，要我通知阿志他們過來圖書館找妳，和妳一起查資料，不過阿志他們的電話都沒通就是了。」

吧。」

「宿醉本來就很不舒服。」

「喔，對了，阿慎說他也打了幾通電話給妳，最後還傳了訊息，但妳應該沒有發現吧。」

我從背包裡拿出手機，果然看見有四通來自方曜慎的電話，還有一則簡訊。

「對吧？」

「嗯，他說檔案好像真的不見了，不過他想試試其他方法找一找，所以需要多一點時間，然後對不起……」我盯著螢幕，用氣聲唸給阿威聽。

「妳不會介意吧？」

我想了想，那個叫作思怡的女孩面容突然浮現在我腦海，雖然她當時瞄了我兩次的舉動讓我不太舒服，但重要的檔案突然不見是任何人都會著急的，更何況當時方曜慎也很為難。事有輕重緩急，總不能威脅方曜慎別幫她，非得跟我去圖書館才行吧！

「不會。」

「真的嗎？」

「我想這應該不是介意不介意的問題，雖然我們的作業也很急，可是比起那個女生檔案不見這件事情，她的好像又重要了一些，好像是什麼排戲要用的資料。」我聳聳肩，「她朋友還說她急得都快哭出來了耶。」

「嗯哼。」

「換作是我，我應該也會先幫忙看看能不能救回檔案。我知道方曜慎其實也很為難，感覺他也想先幫那個女孩，只是不好意思直接向我開口問能不能給他一點時間吧！」

「妳真善解人意。」

「並不是。」我搖搖頭，「我只是覺得，與其因為不知先處理哪件事情而左右為難，不如直接做個決定比較快。」

「王孜螢，我欣賞妳。」阿威豎起大拇指比了個讚。

「哈！現在不是耍嘴皮子的時候，快看看這張紙上的條件，然後趕快找出有關的資料比較實在。」

18

拗不過阿威的堅持，我們在找好大部分的資料後，決定在校外隨便吃個晚餐。

「剩下的就交給我吧！」

「真的不到我住的地方打字嗎？」

「不用了，我可以。」為了讓阿威放心，我給了他一個淡淡的微笑。

阿威指著我們外借的兩本書，「可是我覺得，一個人繼續找，另一個人可以一邊打字，這樣還滿有效率的，而且阿慎回來也可以直接來找我們啊！還是妳擔心孤男寡女共處一室？」

「確定？」

我沒好氣地反駁他，「想太多啦！我只是覺得剩下的事情我應該可以完成。」

「嗯，如果有困難，我一定會直說的，絕不會逞強。」

「這妳說的喔！」阿威指著我，「到時候阿慎他們怪我，妳可要幫我說話。」

「沒問題。」我右手握拳，敲敲自己的左肩，「你已經幫了我好大的忙囉！不過，話先說在前頭，可不許不滿意我寫的結果喔！」

「怎麼可能，我們感激妳都來不及。」阿威不好意思地抓了抓頭，「說也奇怪，阿慎那傢伙怎麼忙這麼久……」

「可能沒有那麼順利吧，之前有一次，我的電腦也怪怪的，已經存檔的報告不知道為什麼就是找不到，室友幫我弄了一整天，最後也沒有救回來，只好再重新打一次。」

我嘆了一口氣，「那時候真的好想哭。」

「原來大家都有這種經驗。」

「對啊……所以我很能了解那個漂亮女生差點哭出來的心情。」

「連妳也說她漂亮。」

「對呀，有眼睛的都會覺得她漂亮吧！皮膚白白的，臉頰刷上粉粉的腮紅，就像個有氣質的洋娃娃，雖然……」

「雖然什麼？」

「沒什麼啦！」我揮揮手，決定不把她偷瞄了我兩次而我覺得不舒服的事情告訴阿威，因為那聽起來會像是道人長短，「原來你也認識她？」

「認識，她是阿慎的朋友，也是學校戲劇社社長，以前就參加過一些戲劇的演出，小有名氣喔。真意外妳不知道她。」阿威揚了揚眉，「不過也難怪啦……」

「也難怪什麼？」

「仔細想想，妳連阿慎和我都不認識了，不認識思怡好像也不奇怪。」

「喂！怎麼聽起來有一種往自己臉上貼金的感覺呀！」

「我是實話實說！不是自誇。」

我放下筷子，抽了一張面紙，「你知不知道過度的自信就是自大？」

隔著桌子，已經吃飽了的阿威湊近到我面前，「當然知道，但是這很明顯是妳孤陋寡聞。」

「最好是啦！」我白了阿威一眼，站起身，「走吧，我得快點回去努力才行。」

19

回到住處，快快地洗過澡之後，便立刻坐在書桌前埋頭苦幹，先是把下午和阿威找好的資料稍做整理，再花大約半小時的時間把借來的書快速瀏覽一遍，就打開了電腦，將所有資料統整濃縮，依照教授的要求，打到 word 檔上，終於在晚上十一點四十分左右寄出了我們的分組作業。

呼！站起身，我伸伸懶腰，雖然身體有非常明顯的疲倦感，精神上卻由於順利完成了這份作業而十分開心。不知道是不是太過開心了，還是基於一種補償作用，我決定去客廳找東西吃，來慰勞自己的辛苦，不過說穿了，似乎也只是嘴饞的一種藉口而已。

「趕完了嗎？」才剛打開房門，就聽見了阿杜的關心。

「在剛剛已經寄出囉！」我開心地比了個「YA」的手勢。

「恭喜妳。」剛做完伏地挺身的阿杜坐在地板上，給了我一個微笑，「就知道難不倒妳。」

「你對我還真有信心呀！」我拿起茶几上的餅乾咬了一口，舒服地靠在沙發上，「但是真的超緊張的，幸好在時間內完成。」

「嗯，之前就聽說這堂課常有這種『即興演出』，果然見識到了。」

「對啊！沒想到才上了幾堂課，老師就來了個下馬威，把通識課當成必修在教課，哈……」我看了看珈珈的房間一眼，再看了看廚房，「珈珈還沒回來唷？」

「她剛剛又出去了，跟阿軒他們要去夜唱，她要我跟妳講一聲，因為我們都不敢進去吵妳。」

「多謝你們的體貼。」我舒服地坐在沙發上，「真是累死我了，畢竟不是自己一個人的報告，還必須顧慮到其他組員。」

阿杜又繼續做起仰臥起坐，邊運動邊和我聊天，「妳說方曜慎他們喔？」

「對啊！事情就是這麼巧合，他們昨天慶功宴，今天宿醉沒有來上課，但教授就偏偏在今天交代這種臨時作業，你說巧不巧？」

「我猜教授是看缺席率太高才故意來這招的，妳太天真了。」

將手中剩下半片的餅乾放進嘴裡，我思考了幾秒阿杜的話，「這麼說也有道理。管他的，反正已經完成啦，實在是太開心了。」

「原本我和珈珈還以為妳和方曜慎去圖書館找完資料後，會帶方曜慎回來或是去他那裡繼續努力，珈珈才搞笑，還特別觀察了一下有沒有外人進出過的痕跡。」

我噗哧地笑了出來，還因為滿嘴的餅乾嗆得咳了兩下，「喔，你們真的是搞笑咖耶……」

「是珈珈，我可不是喔！」阿杜挺直了身子，看我一眼，認真地反駁，然後又繼續他的仰臥起坐，「所以方曜慎呢？」

「他根本就沒有跟我去圖書館呀。」

「為什麼？」

我把吃完午餐後，我和方曜慎一起走去圖書館途中遇到那個漂亮女孩的事大致地告訴了阿杜，「電腦的東西就是很麻煩呀！搞不好他也弄得頭昏腦脹吧。不過他算是仁至義盡啦，還拚命地叫醒阿威，就是林任威，你知道吧？」阿杜應了聲，我才繼續往下說：「他打了很多通電話，叫阿威無論如何要到圖書館陪我一起找資料。」

「那他後來都沒去找你們？」

我搖搖頭，又拿了一塊餅乾，「沒有，他打了好幾通電話還傳了簡訊，不過我在忙沒有接到，作業時間又很緊迫，我也沒有回他。」

「四十九、五十。呼……」阿杜結束了他的仰臥起坐，呼了一大口氣，「要是我，我一定硬逼著他跟我去圖書館。」

「真的假的？」

「對呀！我同意妳說的，那個女孩的事情也許比較重要，但分組作業也很急呀。」阿杜聳聳肩，「再說，我覺得那個女孩也許可以找別人幫忙。」

聽了阿杜的話，想想好像也有道理，這種事情也不是非方曜慎不可。不過當我回想起那時候的景象，我覺得我應該還是會做同樣的決定。

「也許那個女孩臨時找不到人幫忙吧。」

「是嗎？」

「反正事情都過啦……我也順利將作業寄出去了。」我咬了一口餅乾，「對了，阿杜，你知道我們學校戲劇社社長嗎？叫什麼思怡的。」

「古思怡？」

我吃驚地瞪大眼睛，「你也知道？」

「拜託，英文系系花，同時又是戲劇社的社長，不少人拜倒在她石榴裙下呢！」

「也難怪……」我點點頭，想起那女孩的樣子，然後開起玩笑，「正所謂『食色性也』，方曜慎當然要先幫她囉！」

「想太多了，我想他不是這種人啦！」

「開個玩笑嘛！」我瞇起了眼，「吃了人家一個便當，就這樣幫他說話喔？」

「沒有啦！聽妳這麼說，請他幫忙的那個人就是古思怡囉？」

「是啊。」

「沒想到方曜慎也認識她。」

「不僅認識，我聽阿威說，他們是滿不錯的朋友。」

阿杜站起身，「好啦！再次恭喜妳完成作業，我先去洗澡，洗完澡還要跟學弟他們玩個幾場。」

我瞄了一眼牆上的時鐘，「都幾點了，還要玩？」

「練等級這種事情，是不容許三天捕魚的好嗎？」

「好，快去洗澡吧。」我白了阿杜一眼，沒好氣地說。

20

時間這麼晚了精神還這麼好，實在是太詭異了。

回到房裡，想拿手機玩幾個熱門的小遊戲時，才發現手機早已經沒電，自動強制關了機，於是我插上充電器，等了一會兒才將手機成功地開機。

沒想到，才剛輸入手機的密碼，就「噹噹噹」地傳來好幾個通知。其中有幾通未接電話的提示，還有幾則未讀簡訊的通知。我仔細看了一下，除了其中一通是顯示為無號碼的未接電話，其他的全都是方曜慎打來的。

我仔細看了時間，大概是從晚上八點到十分鐘前陸續撥過來的，於是我猜想他應該還沒睡，決定回撥電話給他。

「喂?你應該還沒睡吧?」電話接通後，我小聲地問。

「還沒，妳呢?」

「我也還沒，精神好得很，剛剛還在跟阿杜聊天呢。」我笑著，「喔，作業我已經寄出去囉！同時也副本給大家，收到了嗎？」

「有，謝謝妳。」

「剛剛才發現手機沒電，結果一開機發現好多你打來的未接電話，嚇我一跳，一定很擔心我沒有順利完成吧？」

方曜慎停頓了幾秒，安安靜靜地，我一度以為斷了訊號，「喂？」

「我還在，孜螢，妳肚子餓嗎？」

「啊？」

「突然覺得餓了，我們一起去吃消夜好嗎？」

我瞥了鬧鐘一眼，已經快要凌晨一點，「你家裡沒存糧囉？」

「嗯，好嗎？」

「好吧！」摸摸肚子，反正我也覺得有點餓，剛剛在客廳吃的兩塊餅乾確實也沒有達到止飢的效果。

「妳住哪裡？我去載妳。」

「六巷的巷尾，橘紅色公寓，你知道嗎？」

「嗯。我這邊過去應該只要五分鐘左右。」

「好，那我等一下就下去等你，拜。」

「喂？」

我本來要掛斷電話的，聽見他「喂」了一聲於是再度回應，「怎麼樣？」

「現在很晚了，我到了打電話給妳，妳再下樓。」

聽了他的話，原本沒會意過來的我，隨後懂了他的體貼而覺得溫暖。

方曜慎，難怪珈珈說你是極品。

21

「哇！溫暖多了。」喝了幾口熱豆漿，我放下湯匙，摩擦著雙手，「沒想到外面這麼冷。」

「大小姐，現在是凌晨一點多，當然會比較涼一點啊，竟然連外套都沒穿。」

「待在房間時感覺還好嘛！」我拉拉身上尺寸大得很不合身的外套，「謝謝你。」

「只是小事。」

「那你不會覺得冷吧？」

他搖搖頭，「還好，也幸好我多穿了件外套。」

我咬了一口手上的饅頭夾蛋，配上一口溫暖的熱豆漿，然後兩個人沉默地各自吃著自己的消夜，直到他開口。

「我之所以打了這麼多通電話給妳，不是擔心妳沒能準時完成。」

我看著他，「喔……」

「我相信妳是那種既然答應了就會一定完成的人，所以我一點也不擔心。」

「對於我……你究竟是哪裡來的信心啊？」我笑了。

「哈！打這麼多通電話給妳，是覺得不該放妳一個人忙，八點多的時候問阿威，阿威說你們剛吃過飯，妳已經先回家努力了，辛苦妳了。」他苦笑了一下。

「也不是只有我一個人忙啊！阿威也一起找資料找好久，而且你們也不是故意的，要怪，就怪教授好了，真會挑時間出作業。」為了讓他安心一點，我笑著說。

「不過妳的手機都沒開，我有點擔心妳。」

「不好意思，我完全沒有發現手機沒電了。」

「我們已經說好要找一天請妳吃大餐。」

「為什麼？」

「因為作業的事情實在是太辛苦妳了。」

「哎喲，不會啦！」我抬起頭，迎上他誠懇的目光，好像真的充滿了歉意，我希望他能夠釋懷，於是慢慢放下了湯匙，接著又說：「如果真的很介意，我不會忍氣吞聲的。我覺得這只是小事，你們都別放在心上，頂多……」

「嗯？」

「把上次扣掉的一圈操場再補回去，一樣欠我十圈就好啦！」

「哈哈！那有什麼問題！」

我用食指指著他，皺皺鼻子，「這你說的喔！成交。」

「成交。」他眼裡的歉意，被揚起的笑容逐漸驅散，「那我要在什麼時候清償才不會被加利息？」

「呃……」我想了想，「清償無期限，不過要是你惹到本姑娘，害我心情不好的話，就必須清償來讓我消消氣。」

「這麼狠？」

我點點頭，「這是救命恩人的專屬權利。」

「好，成交。」他哈哈地笑了，比起剛剛他感到抱歉而斂住的表情，這種開朗的笑才最適合他。

「對了，那個漂亮女孩的檔案，後來救回來了嗎？」

「沒有，弄了好久，試了好多方法，最後也是徒勞無功。」

「那她一定很難過吧？」

想了一下，方曜慎點點頭，眼裡閃過一絲奇怪的情緒，「她後來還忍不住哭了。」

「是喔……」我低下頭我看著碗裡的豆漿，想到那個女孩，「這種事情確實會讓人又氣又想哭，而且她看起來好像個性滿柔弱的。」

方曜慎「哈」地笑了出來，「外表是柔弱沒錯，不過她算是堅強的人喔！」

「是嗎？」我驚訝地看著他。

方曜慎想了想，「是呀！比起她外表給人的感覺堅強得多了。」

「你們是不是認識很久了？你好像很了解她。」看著方曜慎的臉，由他臉上認真的表情看來，我發現自己已經有了答案。

「上大學之前的暑假就認識了，這樣算久嗎？」他想了想，然後輕嘆了一口氣，「對她……應該算了解吧！但是，不管再怎麼了解，還是會有不懂她的時候。」

「什麼意思？」

「回答這個問題之前，我先問妳，妳覺得自己對阿杜或是珈珈夠了解嗎？」
「嗯，算了解吧！」想了想，我給了他答案，「至少他們不必讓我猜。」
「但是她的心裡，卻有一個地方是我無法到達，也無法觸碰到的。」
隔著桌子，我看著情緒突然有些起伏的他，「她……對你來說，是不是很重要的朋友啊？」
「不是。」他抿抿嘴，然後抬起頭凝視我，認真地說：「她是我喜歡的人。」

22

「太滿足了。」走出豆漿店，我們慢慢地往我的住處前進，還好剛剛方曜慎堅持步行到豆漿店，騎機車去的話，把外套借給我穿的他一定會很冷，而且重點是走回來可以幫助消化一下。
「也溫暖多了吧？」
「對呀……哈啾！」我看了他一眼，不小心打了個噴嚏。
他突然停下腳步，拉住了我的手臂，然後替我拉起外套的帽子，「這樣應該會比較溫暖。」

他突如其來的舉動，把我們兩個人的距離拉得好近。這樣近距離迎上他深邃的目光，我覺得有點不好意思，於是我迴避了他的眼神，下意識往後退一步，在心裡偷偷地希望不會太唐突，自己也伸手將外套的帽子拉好，「那你會冷嗎？」

「不會，平常操練慣了。」

「嗯……這算是大鬍子教練平常嚴厲訓練的成果。」

「是呀！如果妳也跟著球隊來操操看，這種氣溫根本不算什麼。」

我哼了一聲，舉起了手，裝出秀秀二頭肌的動作，「才不要呢！如果練得比你強壯怎麼辦？」

「妳也會擔心這個喔？」

「當然啊！阿杜一天到晚笑我和珈珈的贅肉愈來愈多，尤其總喜歡威脅我和珈珈，說我們再不跟他一起運動，等到贅肉一堆就後悔莫及了。」

方曜慎微皺著眉，修長的手指摩娑著下巴，假裝打量什麼似的，「我看妳其實還好，有點偏瘦，阿杜其實是逗妳們玩的吧。」

「整個晚上就這句話最中聽。不過，珈珈說不要隨便聽信男生說的這類的謊言……」

「怎麼說？」他微微揚起了眉，好奇地問我。

「她說之前她男朋友老是說她太瘦了、太瘦了，結果她就放心陪著男朋友吃消夜呀什麼的，直到前陣子，她男朋友竟然笑她好像變胖了，超沒良心的。」我哼了聲，「還有，林韋詔他也……」

「怎麼不說了？」

我嘆了一口氣，有點氣自己幹麼沒事提到他。

「喔，是我前男友啦！以前也說我太瘦了些，後來還不是同樣笑我變胖，叫我應該要減肥，而且……」

「而且什麼？」

我揮揮手，「沒什麼啦！雖然我沒見過，不過，有一次珈珈去逛街遇到他，站在他身邊的女生也是高高瘦瘦身材又好的女孩子呀！說不定跟你喜歡的她有得比喔！」

「思怡是真的滿高的。」

「你看吧！你不也喜歡高高瘦瘦的女生？」

「不是因為她高高瘦瘦我才喜歡她的。」

「也許不是因為這樣，但是多多少少是你喜歡的標準吧！」我看著他。

「喜歡，或是愛一個人，對我來說是一種感覺，沒有特別的限制，更沒有所謂的標準。」

「嗯？」我瞇起了眼，抬起頭看著他，發現他說得很認真，「感覺對了就是了，對不對？」

「沒錯。」

「原來我們是同一種人。」我伸出手。

「難怪我覺得和妳特別聊得來。」他也很配合地和我握了手。

「啊！怎麼聊到這來了，言歸正傳，就是有了這個切身之痛，我覺得珈珈的告誡非常有道理，雖然我已經沒有長到一七〇的機會了，但至少還能夠控制體重，哈哈。」

方曜慎搖搖頭笑著，像我說了什麼天大的笑話一樣，「妳真的很有趣耶！」

「會嗎？」我給了他一個鬼臉。

「怪不得阿杜會這麼說。」

「阿杜？」我覺得莫名其妙，想了一下，「你說中午我和珈珈去上廁所的時候？」

「嗯。」他臉上的笑意沒有減少，「我跟他說，我覺得妳是個很有趣的女孩子，他也非常同意，說妳和珈珈都是。而且他還告訴我，妳們都是很自然的女孩，善良、善解人意，只是珈珈的脾氣比較差一點。」

「阿杜完蛋了，我要跟珈珈爆料。」

「哈哈！妳這樣就陷我於不義了。」

「誰叫你們要私下講我們的事啊。」我瞇起了眼，「再有下次，我一定叫珈珈教訓你們。」

他點點頭，又往前走幾步，然後在我住處前的大門停下腳步，「我在想，妳前男友和那個女生會不會只是朋友？」

看著方曜慎，我搖搖頭，「當然不是。」

「怎麼這麼肯定，說不定只是誤會……」

「他都直接告訴我，為了那個女孩，所以必須要跟我分手了。」我擠出笑容，「你覺得這會是誤會嗎？」

這一次，站在我面前的他沒有說話，不知道是不是輕輕「嗯」了一聲回應我，但他將目光從我臉上移開一會兒後，再度看向我，「抱歉，好像讓妳想起不開心的事。」

「才不會呢，都過去了啊。」又感覺到有點冷了，我於是將手放進外套的口袋，

「那你跟她呢？」

「什麼我跟她？」

「你跟她是怎麼認識的？」

「升大一前的暑假，同個縣市的學長姊辦了迎新會，在那時候認識的。」

「嗯……」

「後來一起出去過幾次，有時幾個人一起去玩，也單獨出去過。」他溫柔地笑了，「當時覺得她很吸引人，相處感覺也滿不錯的，之後就發現自己喜歡上她了。」

「原來是這樣……」

「對啊，當時真的覺得她好可愛、好天真。」方曜慎笑了笑，「希望妳不要笑我，總之，我覺得她像是一顆閃耀的星星，我的目光就是捨不得從她身上移開。」

不僅是說話的語調，方曜慎連眼神都變得溫柔而深情。在那一瞬間，我發現其實他的感覺我都懂。

因為，從前林韋詔對我而言也像一顆閃耀發亮的星星，而我的目光同樣一刻都無法從他身上移開。

「那……」我停頓了一下，「她知道你喜歡她嗎？」

「知道。上大學之後，我告白過。」

「那她沒有回應什麼嗎？」

「沒有，當時她說她還沒準備好談戀愛。」

「還沒準備好談戀愛……」我重複了一次，覺得這句話好耐人尋味，但又無法形容出來這句話帶給我什麼感覺。

「好了，時間不早了，我猜妳應該覺得太冷了吧？」

我難為情地笑了，「你怎麼知道？」

「是妳麋鹿般的紅鼻子偷偷告訴我的。」

23

像麋鹿嗎？誇張。

一回到住處，我站在鏡子前，看著鏡子裡鼻子微微發紅的自己，明明沒有方曜慎說得那麼誇張嘛，我決定下次一定要好好罵他一下。

不過，當我閃過要好好罵他的念頭時，這才發現自己竟然還穿著他大大的外套，根本忘了還他，他沒提，而我也完全忘了。

算了！就明天再拿給他吧！

我走到書桌前，原本想把電腦關機，準備就寢了，但一坐在電腦前，又習慣性地瀏覽了一下網頁，最後是理智告訴自己，再不睡覺，明天可能會爬不起來，才將電腦關機，安分地躺上床。

我盯著天花板，發現好像真的吃太飽了些，想起剛剛喝了一大碗熱豆漿和一份大大的饅頭夾蛋，還多吃了兩顆方曜慎點的煎餃。

上大學以來，印象中好像是第三次在這麼晚的夜裡特地去吃消夜。大一時和林韋詔去過一次，還有一次和班上同學出去夜唱回來後吃過一次，第三次就是今晚了。平常偶爾和珈珈兩個人想吃消夜的時候，珈珈總會逼阿杜出門幫我們買回來，大家一起窩在客廳邊看電視邊吃，沒想到今天會和方曜慎一起出去，還吃得這麼撐。

和林韋詔一起的那一次，是我們去參加迎新舞會，他送我回宿舍的路上說他肚子餓了，想吃點東西，最後我們也是選擇了豆漿店。記得那天我一樣吃得很撐很撐，我苦惱地說晚上吃那麼多肯定會胖，到時候沒人要了怎麼辦，他還溫柔地摸了摸我的頭告訴我，不管我是胖是瘦，他都會一直喜歡我到永遠。

諷刺的是，我還沒搞懂我和他之間的永遠是什麼，他卻已經決定給了另一個女孩永遠的承諾。

真是的，怎麼又想到討厭的事。

我搓了搓臉，在心裡暗罵自己為什麼想起這些事，明明今天順利趕完作業該要很開心的，又跟方曜慎吃了一頓豐盛的消夜而十分滿足，為什麼偏偏要想起過去。

當我提醒自己不准再緬懷過去時，又不自覺想起自己錯過了新鮮事好多的大一生活……然後不知怎麼地，突然想到今晚方曜慎說自己認識古思怡的經過，以及他說到古思怡時那種溫柔而深情的眼神。

希望有一天，也能有這麼一個男孩出現，當他和別人談論王孜螢時，眼神也會閃著這樣溫柔而深情的光芒。

只是，會有這麼一天嗎？

我閉上眼睛，告訴自己應該要快睡覺，而不是在這種該睡覺的時刻想東想西。但腦海中方曜慎的樣子始終揮之不去，他溫柔的表情、深情的眼神，以及他開玩笑時開朗地笑的樣子……

然後很巧的，手機響起了。

「喂？我到了。」話筒傳來的方曜慎的聲音，低沉而且很有磁性。

才剛想起他，他就打了電話過來。很有趣，我竟然有一種作賊心虛的感覺，呆呆地不知道該說什麼。

「妳睡囉？」

「沒……還沒。」我還沒恢復平時的口齒伶俐。

「不然怎麼感覺這麼呆滯啊？」

「哪、哪有。」我偷偷呼了一大口氣，覺得此刻的自己有點可笑，立刻轉了話題，「對了，到家才發現外套忘了還你，你騎車會不會很冷？」

「不會。」

「你怎麼這麼久才到？」

「喔，阿威叫我幫他去便利商店買點東西吃，所以繞過去幫他買。」

「原來如此……哈啾！」突然打了一個大大的噴嚏，「不好意思。」

「該不會真的著涼了吧？」雖然隔著電話，我還是感覺得到他語氣裡對我的擔心。

「應該還好，放心，我沒那麼弱不禁風的。」我揉揉鼻子，想起剛剛他笑我是麋鹿鼻，「對了，我回來照過鏡子，哪有像麋鹿。」

「紅得這麼不像話耶！」

「誇張鬼。」我吐了吐舌頭，毫不客氣地反駁，「沒有你講得這麼誇張。」

「早該拍下來，有圖有真相。」

「哼，恭喜你已經奪到珈珈長久以來蟬聯的誇張鬼寶座。」

「哈哈！妳這句話是消遣我還是消遣珈珈？」

因為他的話，我噗哧地笑了，但是又不小心打了個噴嚏。

「喂，王孜螢。」

「嗯？」

「我想妳可能真的著涼了，快去喝杯熱開水吧！」

「沒有啦！只是鼻子癢癢的，而且我現在好撐喔！已經喝不下水了啦！」

「不行，快去。」

「不要……我懶得爬起來。」我翻了個身，很耍賴，好不容易在被窩裡溫暖起來，我一點也不想走出房間裝水。

「王孜螢！」電話中他的語氣很認真。

「我想現在蓋好棉被應該就……」

「那我現在去按妳住處的門鈴囉！」

原本已經有些許睡意的我，聽了他的話又清醒了一些，「按門鈴？這樣的威脅很誇張耶……」

「王孜螢，我一向說到做到。」

他語氣裡的認真與堅持，讓我毫不懷疑他的行動力，於是我坐起身，「好啦，我去喝水。」

「別掛斷電話，我等妳。」說完，他輕輕哼起了歌，是上個星期在卉卉學姊的廣播節目中也播放過的歌曲。

「是是是！」我聽話地走出房間，一樣將手機貼在耳朵，「我走出來了，聽到我按熱水的聲音了嗎？等一下你還會聽到『咕嚕咕嚕』的喝水聲，這樣你就不會來按門鈴，不會夜半打擾我們這裡的安寧了吧！」

原本在電話那頭輕輕哼著歌的他停了下來，「很好，很聽話。」

倒了一杯熱熱的開水，我還刻意貼著話筒，故意發出喝水的聲音。「好啦！我已經喝完了。」

「好孩子。」

「多謝你的誇獎。」

「不必客氣，對了……」

「老人家您還有什麼要吩咐的呢？」我很故意。

「不敢不敢，」他哈哈地笑了，「在說晚安之前，我想跟妳說，剛剛說妳偏瘦，並沒有昧著良心。」

「嗯，我知道了，晚安。」我躲進棉被裡。在這之前我又打了個噴嚏，但是我應該會因為他最後說的這句話而有個美夢。

24

果不其然，結果我真的感冒了。只怪自己太自以為穿個長袖上衣就可以抵擋這種仍有些涼意的夜晚，腦子昏沉中還是不忘去想：要不是有方曜慎的外套，我肯定會比現在更嚴重，搞不好根本爬不起來，連這堂課都別想上了。

下課鐘聲響起，教授終於甘心離開教室。而我抽了最後一張面紙擤了擤鼻涕，「喔……好痛苦唷。」

「現在知道痛苦了?再逞強呀。」阿杜嘴裡不忘消遣我,同時貼心地遞給我裝了熱水的保溫杯。

「我也不想呀……哈、哈啾!」

「沒有發燒吧?」珈珈擔心地摸了我的額頭,「還好,沒有發燒。」

「應該只是普通的感冒啦!昨天回來之後,和方曜慎通電話時就打了好幾個噴嚏,果然被他說中了。」

「不過,和方曜慎一起甜蜜吃消夜,這樣好像滿值得的唷!」珈珈瞇起了眼,陷入她的幻想世界中。

我吸吸鼻子,「什麼甜蜜消夜,妳要是知道我現在多麼不舒服,妳就不會這麼說了。」

「對呀!話可別亂說。」阿杜毫不客氣地敲了珈珈的頭一記,珈珈「哎喲」一聲之後,不客氣地還了手。

「孜螢,還是我今天別去社團,帶妳去看醫生好吧?」阿杜擔心地看著我問。

「對啊!或者我也陪妳去。」

我揮揮手,「不用,我還可以,只是一直流鼻涕不舒服而已,等會兒將外套還給方曜慎之後，我就回住處休息，晚一點真的不舒服的話，我自己再去看就可以了。」

「真的會去看醫生？」

「會的，我不會逞強的。」我無力地笑了笑，瞄了手錶一眼，「時間差不多了，你們不是都要去社團嗎？」

「對啊！」珈珈和阿杜異口同聲地回答我，還不約而同看了一眼各自的手錶。

「那就快去吧！珈珈，抱歉喔……原本今天要跟妳一起去廣播社陪妳主持今天的『校園時間』的，對不起。」

「拜託，雖然今天是我第一次擔綱主持，想請妳給我壯壯膽，但是以後也還有機會，妳好好休息就對了。」

「我會的。」

「等一下珈珈可能不方便接電話，但是有什麼事的話，一定要打給我，知道嗎？」

我比了個「ＯＫ」的手勢，「好，快去吧！我慢慢收，休息一下再離開教室。」

由於得趕時間，珈珈和阿杜趕緊收好東西，「那我們先離開了？」

「嗯，祝阿杜練習加油，祝珈珈主持成功，像卉卉學姊一樣成為厲害的主持人。」

我擠出笑容。

「我們走囉！」

「好的，快去吧！加油。」揮揮手，我露出無力的笑容，看著這兩個好朋友離去的身影。這種發自內心的關心，讓我有一種暖暖的感受，儘管手腳似乎還是冰冷無力。

25

拖著疲憊無力的身體，踩著沉重的步伐，還距離體育館有一小段路，但已經能聽到從體育館傳來的歡呼聲。我走到體育館門外，才發現體育館原本在這個時間不允許球員以外的人進入的，這時場邊竟站了不少圍觀比賽的同學。

我納悶地走了進去，發現正在進行一場比賽，而我站在場邊想確認是不是方曜慎他們的時候，才剛搜尋到方曜慎方曜慎高高瘦瘦的身影，他正好以很快的速度在籃下跨了個大步。

上籃，得分！

我被身旁的尖叫聲與歡呼聲嚇了一大跳，看了看四周，整場加油的同學其實不多，整個體育館充斥的尖叫與歡呼卻出乎了我的意料，實在很好奇這些女同學的中氣怎麼這麼足。

「最後兩分鐘，繼續得分！」大鬍子教練在一旁吼著。

原本以為只是校內籃球隊分成兩組比賽，但看了一下兩隊的球衣，才發現另一隊是外校的隊伍，而且我看著外校同學球衣上的繡字，發現竟然是林韋詔的學校。

我咳了咳，看著場上來回奔跑的球員，發覺他們在場上真的好拚命，平常看起來嘻嘻哈哈愛開玩笑的阿威、阿志、小林，還有方曜慎，上場比賽都認真得不得了，我看著控球的阿志把球傳給了另一個我不認識的人，然後又傳給了小林。小林很快地再傳球給早就等在籃下的方曜慎，最後，方曜慎兩個假動作之後，閃開對方的阻擋，再次進籃得分。

在那之後，我發現自己儘管整個腦袋都昏昏沉沉的，卻還是因為比賽緊張的節奏，目光緊跟著球移動著。只是，到後來我才察覺，大部分的時間，我的注意力是隨著方曜慎身影移動的。

明快的傳球，漂亮的上籃，俐落的身手，甚至包括他只是在場上防守對方進攻，都彷彿有種磁力般吸引著我的目光，我因而不自覺地注視著他的身影。

那一瞬間，我想我有點明白周圍這些女同學為什麼如此地歡呼與尖叫，也稍稍明白珈珈對於方曜慎個人魅力的誇張形容。

「王孜螢，不幫我加油喔？」在我想得出神時，有人喊了我的名字，我才發現在我面前的方曜慎正帶著微笑對我說話，與我的目光短暫交會後，他接過隊友傳來的球，隨即快步地將球運回禁區準備進攻，就連另一位通識課同組的小林經過場邊，也偷偷向我揮了揮手。

真是的，才剛覺得他們的認真判若兩人，就立刻不正經起來。

當我正被他們的舉動逗得微微地笑出來時，我發現站在我身旁的幾個女孩正竊竊私語著。疑惑地往她們的方向看去，卻看見她們隱約投射過來的敵意。

是錯覺吧？不過，就算不是錯覺，我也告訴自己別理會這樣的敵意。深深吸了一大口氣，再次看向場上時，比賽已經結束，整個體育館被更大音量的歡呼聲充斥，兩隊的球員正禮貌地鞠躬，而大鬍子教練臉上洋溢著得意的笑容，因為不僅贏得了這次的比賽，而且兩隊的分數相差多達十四分，連我都不自覺地跟著觀賞比賽的同學們鼓掌。

「王孜螢，妳怎麼會來？」

突然覺得喉嚨癢癢的，我咳了咳，抬起頭時，看見眼前笑得很好看的那張臉，「想把外套還給你，沒想到你今天有比賽。」

「是教練臨時決定的，」他微彎了腰，在我耳邊小聲地說：「大鬍子教練就愛搞這招。」

「小心……」忍不住，發癢的喉嚨又讓我咳了好幾下，「小心被教練聽到。」

「所以我不敢講太大聲。」

「講什麼悄悄話呀兩位。」阿威笑嘻嘻地走了過來，手搭著方曜慎的肩。

我偷看了旁邊注視的女同學一眼，發現她們投射過來的眼神更銳利了些，我的精神也更緊張了。於是我決定快結束這種處境，拿起手中的提袋，「外套還給你。」

方曜慎接過提袋，低下頭擔心地看著我，「鼻音好重，剛剛還咳嗽，妳真的感冒了啊？」

「嗯，」我揉揉鼻子，「今天早上起來就超不舒服的，哈啾。」

「去看醫生了嗎？」

我搖搖頭，「想多喝一點熱開水就好，晚一點要是還……」

「晚一點要是還不舒服再去看醫生對不對？」他皺了眉，我沒看過他臉上出現這樣的表情。

「嗯。」

「妳看妳都發燒了。」他用手摸了我的額頭，「這樣還不去看醫生。」

「可是剛剛還沒有……」

站在他身旁的阿威點點頭，「去吧！我會幫你跟教練說。」

「謝謝。」方曜慎把眉皺得更緊了。他嘆口氣，拉起我的手，「我帶妳去。」

「喂，我可以自己……」

「別逞強了，我帶妳去就是了。」

我被他拉著手，當然知道有很多帶著疑惑、猜測甚至敵意的眼神看著我們倆，但過度昏沉的腦袋與無力的身體已經沒有太多力氣去反應，只好跟著他的腳步慢慢往前走。

26

迷迷糊糊中，我做了個很奇怪的夢，夢見林韋詔牽著我的手，在一片好綠、好廣闊的草原散步，我們的感情就像以前一樣好，彷彿那個女孩從沒介入我們之間一樣。只是畫面一轉，當我看向他，想告訴他今天的球賽很精彩時，被我牽著手的他，竟然變成了方曜慎，更離奇的是，我帶著幸福的微笑，竟然輕輕地給了他一個吻……

我睜開眼睛，還在思考這奇怪的夢境，看見不熟悉的天花板，想確認自己究竟躺在什麼地方，才想起方曜慎帶我到醫院時，醫生要我留在急診室吊完點滴再離開。

「有沒有舒服一點？」

我咳了幾聲，看到方曜慎就在一旁，我又想起夢裡親吻了的畫面，「嗯……」

他先是摸摸我的額頭，又碰了我的臉，「退燒了，不過臉怎麼還是這麼紅？」

「有、有嗎？」我摸摸臉頰，確實微微發燙著，可能是那詭異夢境的緣故，「大概是這裡的棉被太溫暖了。現在可以離開了嗎？」

「嗯，剛剛醫生說了，打完點滴如果妳覺得舒服一些，我們就可以離開了。」

我坐起身，穿上外套，精神已經好了一點。雖然感覺重重的腦袋以及無力的身體仍讓我不太好受，但比起今天早上，似乎已經明顯改善了一些。

方曜慎溫柔地扶著我在一排座椅坐下，並耐心地分別至不同的櫃台批價和領藥。把該處理的事情都處理好之後，他走到我面前，不但沒有一絲絲的不耐煩，還反而對我露出微笑。

「大功告成，我們先去吃個晚餐。有沒有特別想吃什麼？」

「我好像沒有食欲。」

「不行，一定要吃的，而且吃完飯才能吃藥。」

「可是……」我為難地看著他，我現在真的沒有特別想吃什麼。

「不然這樣好了，先送妳回去休息，我陪妳，等妳想吃的時候我再去買。」

「這樣太麻煩你了！」他臉上依然是溫柔的表情，這使我心裡很過意不去。

「放心，一點也不麻煩，而且反正我晚上也沒事。」

「方曜慎……」

「別覺得不好意思。」他出乎我意料地摸了摸我的頭，「再說，要不是我約妳去吃消夜，妳今天也不會感冒。說起來，我有一半的錯。」

「那就謝謝你了。」

「走吧！」他攙扶著我，很體貼地刻意放慢步伐，陪著不舒服的我慢慢走出醫院。

27

在我住處的樓下停好車，方曜慎細心地幫我解開安全帽的扣環，妥善地把兩個人的安全帽放進置物箱裡。

「等一下，還有外套。」

「嗯，先不用，就穿上去吧！這裡的風不小。」

我虛弱地笑了笑，「才剛還你外套，沒想到現在你又借了我另一件。」

「還好我車裡還有一件，不然妳病情不加重才怪。」

「我們先上去吧！」

「嗯，等我一下，我拿個鑰匙。」和他一起走到大門，找了一會兒背包裡平常放鑰匙的暗袋，卻怎麼樣也找不著，「奇怪……」

「慢慢找，別急。」他笑了笑，拉著我的手走到機車前，要我將背包放在機車座墊上慢慢找。

「咦？」我又咳了幾聲，翻找了背包裡的兩個小袋子，甚至把書都拿了出來，依然遍尋不著我別了櫻桃小丸子吊飾的鑰匙串，「好像不見了……」

「還是今天早上出門的時候就沒帶出來？」

「應該有啊！」我抓抓頭，用混沌昏沉的腦袋開始思考，回想我早上出門上鎖之後將鑰匙放在哪裡。但不知是感冒的關係還是怎麼了，我竟然對自己有沒有上鎖毫無印象，「到底是在哪裡弄丟了，我明明……」

見我不死心又再次翻找背包，他想了想，「會不會是在住處？」

「但是我們樓上的門是需要鑰匙才能上鎖的，所以應該不可能……」

他點點頭，像是很認真思考可能放置的地方，然後看著有點焦急的我，像在醫院時那樣拍拍我的頭，「沒關係，阿杜他們回來了嗎？或者可以先請他們幫忙開門。」

嘆了一口氣，看看錶上的時間，再抬頭看看樓上住處客廳的位置是否有燈光，然後忍不住突然想咳嗽的衝動，我用力地咳了咳，「他們今天社團有重要的事，客廳的燈是暗的，應該還沒回來。」

「這樣啊……」

「你先回去好了，我去街口那間簡餐店等他們。」

「我怎麼可能這樣把妳丟著。」

「可是……」

「那……」他打斷了我的話，擔心地看著我，「如果妳不介意的話，去我住的地方好嗎？」

「你說什麼？」

「去我住的地方，然後晚點再傳簡訊給他們，請他們回住處後和妳聯絡？」

我抬頭看他，不好意思地擠出無力的笑容，「看來也只有這樣了。」
「那走吧！」
「你住的地方離這裡很近嗎？」
「隔個三四條街左右。」
「那……」
「怎麼了嗎？」
「那我們先坐著休息五分鐘再過去好不好？」我吸了一口氣，然後緩緩地吐出來，「我突然有點頭暈，身體好無力，想休息一下。」
他摸摸我的額頭，喃喃自語地說沒有發燒，「可是在這裡吹風也不是辦法，坐摩托車又有點危險，這樣好了，來……」
「啊？」他轉過身突然在我面前蹲下。
「我背妳走去。」
「不要啦，這樣……」
「來啦。」他拉住往後退了一步的我一把，讓我靠近他的背，然後用他的大手握住我，將我背了起來。

「方曜慎，你這樣讓我覺得很不好意思……」我很想掙扎，可是無力的身體卻不容許我這麼做，於是我決定放棄，輕輕地將臉靠在他的肩上，「不好意思……」

「昨晚我說妳偏瘦，這樣可以順便證明我說的話的真實性。」他輕輕拍拍我垂放在他胸前的手。「而且，如果真的覺得不好意思，就快復原，然後我欠妳的十圈操場再減個兩圈好嗎？」

聽了他的話，我不自覺地笑了，很謝謝他總是能成功地化解我心中的擔憂，每當我感到難為情或不好意思，他也總是巧妙地給我一個很自然的台階，讓我的困窘煙消雲散，「嗯，今天大優待，幫你扣個五圈好了，因為太麻煩你了。」

「扣五圈我欣然接受，至於麻煩嘛，妳想太多。」他笑了，很溫柔的那種，「好朋友之間，有什麼打擾不打擾的呢？」

我吸吸鼻子，「所以我們是好朋友囉？」

「我是這樣覺得的，妳不這麼認為嗎？」

「我只是很訝異，有點意外而已。」

「為什麼？」

「因為我們認識也沒多久啊。」

他微偏了頭，與我的臉好靠近，從這樣的距離聽他的聲音有很不一樣的感覺，「確實是這樣沒錯，可是不瞞妳說，每次和妳相處，我都覺得很輕鬆、很自然，可能因為妳的個性，讓我可以沒有負擔地和妳說很多想說的事，好像有說不完的話題一樣。」

「方曜慎，你說這會不會是所謂的『一見如故』呢？」

「是吧。」

「那我問你，我們算是比普通朋友再好一點的那種朋友嗎？」

「是啊。」

「謝謝你，真開心聽到你這麼說。可是現在我的眼皮好重，連說話都沒有力氣了，我想休息一下……」

他溫柔地拍拍我的手，微微地點了點頭，然後用他穩健的步伐慢慢地往前走。

我閉上眼睛，沒想到會從他口中聽到這樣的話，更沒想到，此刻我的心會因為這些話而充斥著微妙的喜悅感。

我知道他本來就是體貼的人，也知道他對人都很好，所以他對我做的貼心舉動，常常會讓我覺得是他對人的一貫態度，但現在聽他說了這些話，我才知道他會對我好，是因為我是王孜螢，是他認定的好朋友。

但是，很奇怪，為什麼我會因為他這些話這麼開心？他是一個體貼的男孩本來就是不爭的事實，我又為什麼這麼在意他對我的好是不是一視同仁的呢？

王孜螢，妳變得好奇怪，是感冒病毒過度放肆的關係嗎？

28

因為喉嚨發癢，我用力地咳了咳，從睡夢中驚醒。坐起身，映入眼簾的是一件深藍色球衣，上面繡著數字「12」。我很快意識到自己在方曜慎的家睡著了。

「方曜慎？」朝廁所的方向喊了一聲，沒有人回應。於是我下了床，發現這間套房除了我之外沒有別人。我走到書桌前，看了擺在桌上的電子鬧鐘，時間是晚上九點十分。正訝異怎麼已經這麼晚的時候，一張壓在電子鬧鐘下的紙條吸引了我的注意，上面寫著：

「我出去買個晚餐，如果妳醒來發現我不在，別擔心，十五分鐘後就回來了。」

看了看紙條右下角署名的地方，旁邊標示的時間是十分鐘前，他應該也差不多快回來了。

我好奇地瀏覽了眼前整齊地擺在書架上的書，上頭大部分是課本以及專業參考書籍，另外還有幾本橫放在桌上的籃球雜誌，最後，籃球雜誌旁邊的 memo 夾上，有一張寫了藍色字跡的明信片吸引了我的注意。

理智不斷地提醒我不該繼續看明信片上的內容，好奇心卻壓倒性地戰勝了我薄弱的理智。當我很快瀏覽完明信片上的四行字，以及最後寫的署名「曜」，我才在剎那間明白了這一切。

是呀！方曜慎的「曜」，就跟常常在卉卉學姊的節目中點歌的「曜」是一樣的字，記得卉卉學姊曾在節目中提過這位點播者和我們讀同一所大學的時候，珈珈還笑說全校的人名字裡有這個部首是日部的「曜」字的也許不會很多，後來我也聽方曜慎說他幾乎都會按時收聽卉卉學姊的節目，為什麼我完全沒有將方曜慎和常常點歌給心儀女孩的「曜」聯想在一起？

我抓抓頭，方曜慎告訴我說古思怡就是他喜歡的女孩時，那流露出深情的眼神彷彿又浮現在我眼前。

沒想到珈珈和我一直好奇著卉卉學姊口中專一深情的「曜」，就是我認識的人，是這個喜歡古思怡的方曜慎。

將這兩個人聯想在一起之後，我才突然明白，方曜慎說到古思怡時，眼神裡除了深情，還藏著對感情的堅持。

想到這裡，我發現自己的心跳突然變快了，撲通撲通地還漏了拍。

心裡有一點點難以言喻的情緒，很複雜，也很莫名所以。

王孜螢，妳又怎麼了？看來這次的感冒病毒真的來勢洶洶。

只是，我盯著明信片，開始懷疑這種狀況真的是感冒的關係嗎？吃了藥，痊癒了就會沒事嗎？

在我努力想從混亂的思緒中找出一絲端倪時，門外傳來兩聲輕輕的敲門聲，方曜慎才打開門，看見趴在書桌上的我，「醒啦？」

我抬起頭，對他擠出微笑，「嗯。」

「快來吃，不知道妳想吃什麼，又捨不得叫醒妳，所以買了很多。」他放下鑰匙，將三袋食物放在和室桌上，「羹飯、牛肉飯、炒麵、滷味、四神湯、牛肉湯，任妳挑選。」

隔著和室桌，我坐在他的對面，「會不會買太多啦？」

「感冒的人食欲特別不好，我怕買的東西妳都不喜歡，就多買了些。」他邊說話，邊將食物放在碗中，「吃了東西，才可以吃藥。」

我無言地看著他的動作。

「開動吧！」方曜慎疑惑地看我，大大的手在我眼前揮呀揮，讓恍神的我回到了現實，「發呆嗎？還是在想什麼？」

「喔，沒什麼啦。」我給了他一個尷尬的微笑，從自己都搞不懂的情緒中抽離。其實我是因為看見他那張好看的臉，又想起了明信片的事，原本想告訴他說我無意間看了明信片的內容，想跟他說聲抱歉，並且告訴他，我和珈珈在廣播中聽過他的事，認為他很深情，可是這一刻，我卻說不出和明信片有關的半個字！

「開動了嗎？有沒有什麼是妳不想吃的？」

「都想吃。」看著滿桌豐盛的食物，我擠出笑容，在心裡告訴自己儘管再怎麼沒有食欲也應該要吃，畢竟方曜慎都特地買回來了，什麼都不吃未免太掃興了點。

「那每種都吃，補充營養和體力。」他笑著，先幫我夾了一些炒麵放在碗裡。

「這麼多，我們怎麼可能吃得完？」

「別忘了，」方曜慎揚起了眉，指著地板，「還有一個人住在樓下，他可是名符其實的大胃王喔！」

「好飽喔！」我看著桌上還剩下不少的食物，「阿威怎麼還沒上來？都涼了，這樣對他好像有點不好意思。」

「不會啦！他說留給他，他要先跟學妹拿個資料再過來。」方曜慎拿了一雙筷子與一個乾淨的碗放在桌上後，接著拿起桌上的藥包和一杯開水遞給我，「該吃藥了。」

皺皺眉，我認分地將藥吞下，然後獲得了方曜慎說的「乖乖吃藥的獎勵」——一顆水果糖，以及一瓶運動飲料。

「真感謝你唷！」我白了他一眼，將水果糖的包裝撕開，放進嘴裡。

「看來這獎勵滿有效的。」

「嗯哼。」

「小時候不敢吃藥，我爸媽就會這樣哄我。」他說。

「真的喔？」

「對啊！」方曜慎順手拿起電視遙控器，按下電源鍵，「所以為了吃到水果糖和喝到運動飲料，再怎麼苦的藥我都吞下去。」

「原來身為萬人迷的方曜慎也有這種『不堪』的小時候？」我很故意。

「但我覺得這還好啊，總比有人在看診時直嚷著不要打針來得好……」

「方曜慎！」

他哈哈地笑了兩聲，敲了一記我的頭，「精神一好就開始開起我玩笑來了，不過這樣也好，我比較喜歡這樣的妳。」

敲門聲叩叩地敲了。

「請進。」方曜慎換了位置，坐在我的右手邊，把我對面的位置讓給阿威。

阿威笑嘻嘻地開門走了進來，一屁股坐下後，便拿起筷子夾了一口炒麵放在嘴裡，「在門口就聽到你們的聲音了，什麼事這麼有趣？」

「今天有人在醫生看診的時候，對著我還有醫生直嚷著……」

「喂喂喂！」我伸出手，想摀住方曜慎準備繼續往下說的嘴，但不僅讓他閃過，還不小心被他抓緊了手。「不准說，不准說啦……」

「快說。」

「就是啊今天有人……」我繼續掙扎，想甩開被抓住的手。

「沒事沒事，阿威你快吃。」

「你們可別打起來啊！」阿威笑著，「我知道了！怕打針對不對！」

阿威的猜測一說出口，我們的動作隨即靜止了一秒鐘，不僅成功地終止了我和方曜慎的戰爭，還同時看向阿威，異口同聲地問：「你怎麼知道？」

「用膝蓋想的。」

「真不好玩。」方曜慎聳聳肩。

「誰叫我這麼聰明。」阿威頭也沒抬地先是夾了炒麵吃，又夾了海帶放進嘴裡，「好吃。孜螢，這可是因為妳，我才有的口福唷！」

「幹麼這樣說。」我不好意思地看了阿威，又看了方曜慎一眼，「應該是說託感冒病毒的福。」

「是啊！託感冒病毒的福，我們向感冒病毒致敬。」阿威開起玩笑，一副不太正經的樣子。

「乾脆叫孜螢傳染給你，這樣會不會比較有致敬的感覺？」

「喔喔！千萬不要，不然下星期的比賽我會被教練罵死。」

「好啦，你們先聊，我去沖個澡。」

「嗯。」阿威應了聲，解決完炒麵，又將牛肉麵端到面前。

「阿威，今天才見識到你這位大胃王的厲害。」

「球賽結束後，我連一滴水都沒喝耶！現在肚子好餓。」

「那你快吃，我原本還擔心你吃不完。」盤腿坐久了，腿開始有些痠麻，我把腿伸直了，想讓血液循環好一點。

「放心，ＯＫ的。」阿威揚起了眉，「對了，妳有沒有好一點？」

我點點頭，「嗯，比起下午全身無力的狀況，已經好多了。」

「說到下午，妳真的很讓人擔心耶！」

「原本就覺得不舒服了，但昨天忘了還方曜慎外套，想說都帶到學校來了，乾脆去體育館一趟，正好遇到你們比賽，就看了一下。」

「那妳肯定是被我和阿慎的魅力電暈了吧！」阿威眨了一下他的右眼，「才會在場邊差點暈倒。」

「對，正是如此。」我吐吐舌，外加瞪了他一眼。

「其實呀……那時候看到阿慎因為妳而那麼焦急的樣子，我們都有點驚訝。」

「嗯？」

「記得剛上大一的時候，有一次思怡不知道遇到什麼麻煩，他也是急得像熱鍋上的螞蟻，此外，能讓他這樣在乎和擔心的女生就是妳了吧！」阿威停下了筷子，認真地看著我，「我以為除了思怡，他不會對其他女孩這麼在意了。」

除了古思怡之外嗎？

我想是阿威誇張了吧！古思怡是方曜慎喜歡的人，而我只是他的好朋友，儘管他今天為了我稍稍忽略了古思怡，但我很清楚，那種對喜歡的人以及對好朋友的感覺是完全不同的，就像從前，林韋詔在我心裡就是無比重要一樣。

這是狠狠地愛過，才能深刻體會出的差別。

就像是一個人的心，如果可以清楚地畫出區隔，好朋友會是在比重很重的那個區域，但是喜歡的人則是在最中央、任何人都無法動搖的位置。

而停駐在方曜慎心裡最中央位置的人，是古思怡。

我下意識地瞥了一眼書桌上那張明信片，突然想起方曜慎說過，在他心中古思怡是一顆閃耀的星星，先前那種無法形容的情緒瞬間又湧上了我的心頭。

阿威的話，就像一種奇妙又不知道是什麼味道的綜合調味料，撒在我說不上來的情緒上，混雜出一道古怪的味道，我看了阿威一眼，一度很想和他聊聊關於這樣的莫名感受，但是一看見他認真等待我說些什麼的眼神，我竟又不知道該從何說起，只好作罷。

「怎麼了？」阿威仍看著我，想必是看出了我的異樣。

「沒啦！」我盡可能用自然的微笑回應。

「說謊！」阿威揚著眉，鐵口直斷地指著我說。

「真的沒有啊！」我聳聳肩，「我只是想到，方曜慎說他把我當成好朋友，所以對好朋友發自內心地關心，這本來就是很自然的事啊！」

「只是好朋友的關心嗎？」

「當然啊！」我點點頭，猶豫了幾秒，「人家古思怡是方曜慎喜歡的人，我只是他的好朋友，你這樣講，小心古思怡誤會。」

阿威抽了放在一旁的面紙，擦擦嘴，「孜螢，阿慎把妳當好朋友這件事情，我們都知道。」

我看著阿威，他突然更認真了一些地說：「但妳知道為什麼我們會這麼驚訝嗎？」

我咳了幾聲，搖搖頭。

「阿慎竟然為了妳完全忽略了古思怡。」

「什麼意思？」阿威的話，瞬間點燃了我心中龐大的好奇。

「今天的比賽，其實古思怡也在場喔。」

「真的假的？」可能因為太激動，我忍不住地又咳嗽了。

「對啊！而且，以往重要的不重要的大大小小比賽，不管阿慎怎麼邀請思怡過來，她都從沒出現過。」阿威湊近了些，音量也刻意壓低，「思怡來球場看阿慎打球，這是有史以來的第一次。」

我有些愣住了。

「但阿慎什麼都沒多想，就立刻拉著不舒服的妳去看醫生。」

「那……古思怡她看到了嗎？」

「拜託！我的大小姐啊，全場的人應該都看到了吧！妳覺得會單單就只有思怡沒看到嗎？」

「可是當時這麼多人，我又站在角落那裡……」

「妳太小看阿慎的吸引力了。」

我嘆口氣，想起當時周遭女同學投射過來的敵意，「那她後來有說什麼嗎？」

「我沒跟她說到話，因為你們離開後，她也和她的朋友離開了。」

「是喔……」

「她後來打了一通電話給我，問我有沒有跟阿慎一起，因為阿慎的手機好像沒開機還是收訊不好。」

「可能是醫院急診室的收訊不太好。」

低下頭，我看著自己交握的十指，突然擔心是不是會造成古思怡對方曜慎的誤會，同時也因為自己似乎帶給方曜慎不少困擾而不好意思。

「不過，剛剛阿慎打電話問我要不要一起過來吃晚餐的時候，我已經叫他先撥個電話給思怡了。」

「古思怡她沒有生氣吧？」我皺皺眉，心裡真的有滿滿的擔憂，因為我已經麻煩了方曜慎整個下午和晚上，肯定帶給他不少麻煩，如果還害他被古思怡誤會，我會覺得更對不起他。

「之後的狀況我就不知道了，」阿威聳聳肩，「剛剛阿慎也沒說什麼嗎？」

「沒有。」

「那應該就沒事吧！再說，妳感冒也不是故意的啊。」阿威停頓了幾秒，「孜螢，幹麼滿臉擔心和歉疚啊？」

「我擔心，要是我害方曜慎被古思怡誤會或責怪，這樣我會覺得很對不起方曜慎的。」我往浴室的方向看了一眼。

「別想太多，妳若是聽了這些話因此心情不好，我也會過意不去的，」阿威拍拍自己的頭，「早知道會造成妳的心理負擔，我就不提了，原本只是想讓妳知道阿慎真的很在乎妳而已。」

「我知道。」

「不過妳放心，既然把妳當成好朋友，阿慎就絕對不會因為這件事情怪妳的，他不是這種人。」

「我不是哪種人啊？」阿威說完，方曜慎用浴巾擦著濕漉漉的頭髮，正好走出浴室，坐在書桌前的椅子上。室內慢慢地被淡淡的沐浴乳香填滿。

「不是見色忘友的人。」

「真謝謝你為我貼上這麼完美的標籤喔！」方曜慎原本看著阿威，突然偏過頭看向我，「阿威跟妳說了我什麼壞話？」

「沒什麼，說你不是見色忘友的人。」我賊賊的，一副很故意的模樣。

「好啊！王孜螢，虧我緊張地把妳送到醫院，還背著妳走那麼一段路，沒想到妳這麼容易就被阿威拉攏過去了，真是世態炎涼。」方曜慎假裝很受傷地說。

「什麼世態炎涼啦。」我沒好氣地回話，揉揉發癢的鼻子。

我和方曜慎的對話，讓阿威哈哈地笑了笑。他再度拿起筷子，用左手比了個「讚」，再次說了他之前就說過的話。

「王孜螢，我更欣賞妳了。」

30

「都忘了你的機車還停在我家樓下。」和方曜慎離開了他的住處，我們以散步的方式，邊走邊聊地往我的住處前進。

「對啊，要不是剛剛阿威說沒看見我的機車，我也差點忘了。」

「嗯。」

「帽子戴起來吧！免得病情又加重了。」他停下腳步，幫我把外套的帽子戴上。

他的貼心舉動，讓我想起剛剛和阿威聊的話題，「你後來有沒有聯絡上古思怡？」

「我打了幾通電話，但她沒有接，」方曜慎苦笑了一下，「然後她傳了簡訊給我，跟我說如果我沒有辦法立刻去找她，就不用回電了。」

「那她有沒有不高興？」

方曜慎看著我，猶豫了一下，不過最後還是緩緩地吸了一大口氣，「其實為了不讓妳擔心，我很想跟妳說她沒有，可是在妳面前，我希望自己能夠沒有任何隱瞞地和妳相處，更不想對妳掩飾什麼。」

「所以她不高興了？」

「多少有吧！」方曜慎聳聳肩，「因為她下午先來休息室跟我拿筆電的時候，我順便問她要不要留下來看我們的比賽，比賽結束後可以一起吃個飯。」

「方曜慎，對不起……」

「別想太多。」

我緩緩地開了口，決定把一直猶豫該不該說出來的話告訴他，「我聽阿威說，這是古思怡第一次來看你的比賽。」

「是啊！」

「沒想到好像被我搞砸了，」我嘆了氣，同時覺得自己很沒用，除了對不起與嘆氣，似乎也不能做些什麼，「真的對不起，雖然現在講這個都是馬後砲了，但當時我如果知道，我一定會努力地忍耐甚至是堅持自己去看醫生的。」

方曜慎抿抿嘴，往前跨了一步站在我面前，低下頭安慰我，「事情沒那麼嚴重啦！別管阿威的危言聳聽，好吧！思怡她是第一次看我比賽，但妳不也是第一次到球場看見比賽中的我嗎？」

「那不一樣。」我看著他，按捺住心底一直喊著「別說」的聲音，可是還是開了口，「也許你只是想安慰我，但你和我都知道那並不一樣，與喜歡的人有關的事情無論如何都是最重要的。何況，你邀請過她很多次，難得她這次來看你比賽。」

「我確實是邀請她很多次了，從大一的第一場正式比賽開始，」他苦苦地笑了，「不過今天她是想向我借筆電才會到體育館來的，她的筆電送修了，但有一些排戲的資料得處理，她需要一台電腦備用，所以這樣也不算邀請。」

移開注視著他的目光，我低頭看磚紅色人行道上因路燈照射而疊合在一起的兩個人的影子。

「真的沒事，別擔心。」他的聲音好溫柔。

「很不好意思……」

「我擔心妳，這本來就是很正常的事，而且我說過了，要不是我帶妳去吃消夜，妳也許根本不會感冒，怎麼說我好像都有責任。再說，妳看見自己的好朋友不舒服，難道一點都不會擔心嗎？」

「當然會。」

「那就對了，我只是喜歡思怡，但我和她什麼關係也不是，所以妳覺得她該誤會什麼？」

「我就是覺得對你不好意思，比賽結束後，原本你可以和她去慶個功或甚至有更多機會和她相處，卻因為我……」

「想太多！奇怪了。」他突然拍拍我的頭，又給了我一個很好看的微笑，「難怪人家說感冒的時候情緒會特別低落，看來，我心中那個有趣的王孜螢好像快要被感冒病毒打敗囉。」

回應了他的微笑，我輕輕地點點頭，然後繞過他繼續往前走，路燈下疊合在一起的影子漸漸變成了獨立的個體。

「對了。」

「什麼對了？」我看著已經跟上我走在一旁的他。

「給妳一個東西。」

「啊？」我疑惑地看著他伸進外套口袋的舉動。

「一串全新的鑰匙。」

「為什麼？」由於太過驚訝，我睜大了眼睛，一串鑰匙在我面前晃來晃去的，我伸手接過來仔細一看，同樣掛了櫻桃小丸子吊飾的鑰匙圈上，有幾支嶄新發亮的鑰匙。

「這是妳住處的樓下大門、住處大門還有機車的鑰匙，重新打過的。」

「這……」

「妳在睡覺的時候，正好有一通電話，我怕吵到妳，想先幫妳按掉，但正好看見來電的是珈珈，就接了電話。」

「然後呢？」

「我把今天下午的事都告訴她了，順便問她是不是已經回到住處，我就請她先幫妳找找看妳的鑰匙有沒有忘在家裡，但好像真的弄丟了，所以我就向她借了她的鑰匙，打一副新的給妳。」

「那怎麼會有機車鑰匙和櫻桃小丸子吊飾呢？」

「機車鑰匙是珈珈拿給我的，她說妳們為了怕有突發狀況，所以各自把備份鑰匙交給對方，然後櫻桃小丸子的鑰匙圈是之前聽妳說過的。不過我沒有看過妳的小丸子是哪一種，所以就挑了個我覺得可愛的。」

「謝謝你。」

「小事一樁。」

「感覺在我昏沉地睡了好久的時候，你幫我做了好多事。」

「只是一些舉手之勞的小事罷了，走吧，待會兒去試試看新的鑰匙可不可以使用。」他拍拍我的肩，示意要我繼續往前。

「嗯。」將鑰匙串緊緊地握住，我還停在原處，不由自主地盯著他的高瘦背影，心裡感受到溫暖，我不禁叫住了他。

「怎麼了？」

與他的目光交會的同時，我握緊了拳，用僅剩的微薄理智告訴自己千萬別說出口，於是我止住了本來幾乎要脫口而出的話，「沒事，真的謝謝你。」

我快步追上他，微微低下頭看著映在人行道上的兩道影子。

對我這麼好，就不怕我喜歡上你嗎？

難得回到住處的時候客廳的燈是亮的，因為最近珈珈和阿杜的外務及社團的活動都多，所以我通常是一個人回到住處的，今天我反而最晚回來。

一打開門，沒想到珈珈和阿杜關心的不是我的感冒，竟然是語帶消遣而且面帶曖昧神情地問我新鑰匙好不好用，讓我連連翻了白眼。最後在我連連的抗議聲中，他們終於問起我的病情，不過，簡單帶過一句之後，他們又問起最感興趣的問題——就是我後來和方曜慎相處的情形。

「你們真的很沒有同情心耶。」我一屁股在沙發上坐下，舒適地靠坐在軟綿綿的椅背，今天睡了很久，剛剛從方曜慎住處走回來時精神也好了一些，但是一回到溫暖的住處，坐在舒服的沙發上放鬆下來，又開始有一種疲倦的感覺。

「不是沒同情心，」阿杜開始了今晚第一下、第二下、第三下的伏地挺身邊說：「是因為妳跟方曜慎在一起，我覺得這完全沒有什麼好擔心的。」

「對啊！」坐在筆電面前的珈珈探出頭，暫時停下了她和男朋友在網路上的對話，看著我，「有方曜慎陪妳，我也覺得挺安心的。」

我微微挪動身體，橫躺在沙發上，盯著天花板，「我原本以為和方曜慎在一起很安心純粹是我自己的感受，沒想到你們也這麼覺得。」

「我說過啦！他是極品。」

「確實是不錯。」想了想，一向不會輕易附和珈珈這些話的我，此刻竟然完全不想否認，也不想多說什麼，只是淡淡地回應了珈珈。

「哇！」阿杜想必也發現了我的異樣，停下他的動作，驚訝地看著我，「今天的王孜螢很不一樣喔！是不是因為方曜慎的溫馨照料，整個被打動了？」

我看了阿杜一眼，再望向淡黃色的天花板，想起今天和方曜慎相處的經過，同時想到了幾次心頭湧上的莫名情緒。

這是被打動了嗎？其實我也不知道，我只知道我心裡確確實實因為方曜慎的照顧而有著滿滿的感動，也因為他處處為我著想的貼心舉動而受寵若驚。

畢竟，我從沒想過他會因為我而放下喜歡了好久的女孩，自顧自地帶我直奔醫院。也從沒想過他會因為我的虛弱而陪我好幾個小時。更從沒想過，他會因為我的糊塗，特地花工夫幫我打一串鑰匙，還去找了櫻桃小丸子的鑰匙圈，只為了讓我有鑰匙可以回住處……我的心不是鐵打的，對於這種種舉動怎麼可能沒有一點點感動？

而且，除了感動，心裡確實還有一些我說不上來的感受，但是這些感受究竟是什麼，連我自己也不怎麼清楚。

這些，難道就是阿杜說的「被打動了」的答案？

不過，就算真的被打動，恐怕也只是我的一廂情願而已，因為方曜慎這個人本來就很體貼，對我做出的種種舉動，也只不過是出於對一個好朋友的「好」，其他什麼也沒有。

況且，我現在根本也搞不懂今天始終不斷盤據在心頭的情緒究竟是什麼。

「不會真的被我說中了吧？」

我轉了身，拿了抱枕放在頭上，側躺著面向阿杜，「沒有啦！」

「是嗎？」珈珈總是不會輕易讓我過關。

「對啊。」

「孜螢，妳知道妳今天可出名了嗎？」

「出什麼名？」

「妳猜我怎麼曉得今天下午是方曜慎陪妳去看醫生還一直陪著妳嗎？」

嘟了嘟嘴，我想了一下，「因為方曜慎接了妳的電話，向妳拿鑰匙的時候，他告訴妳的？」

「這算是細節。」珈珈蓋上筆電，揚起了眉得意地笑，「事實上啊！我還在廣播社主持的時候，就已經耳聞這件事了。」

「什麼？」

我猛然坐起身，驚訝地看著珈珈，「什麼？」

「廣播社的學妹也是看完比賽才過來的，她一來就超興奮的，說什麼阿慎學長今天比賽時表現得超級好就算了，連比賽結束還不忘演出英雄救美，超級 man 的。」珈珈笑了笑，「然後她告訴我，方曜慎救的那個『美』就是妳。」

「天啊……」

「我說孜螢，妳真的出名了妳。」

「不會吧？」我忍不住驚訝，想起阿威說我太小看阿慎的吸引力，也想起周遭女同學投射過來的敵意眼光。

「怎麼不會？」珈珈皺皺鼻，「我聽學妹說，至少當時站在她身邊看球賽的同學，都紛紛在討論方曜慎和妳的關係究竟是什麼。」

看著珈珈，我無言了。

「幹麼這麼悲情的臉啊！被這種美麗的誤會包圍，我覺得還滿浪漫的耶！而且方曜慎又這麼極品。」

「我不喜歡這種感覺，被不認識的人關注，然後被猜測或討論什麼的。」

「這沒辦法啊！誰叫對方是這麼引人注目的方曜慎。」

我仍不知道該說什麼。

「對了，我還聽說了一個大八卦。」珈珈露出一副掌握天大祕密似的得意表情，連阿杜也被吸引，再次停下他伏地挺身的動作。

「什麼八卦？」

「就是古思怡啊！她也和她的朋友竊竊私語討論著你們的關係，學妹正巧站在她們後面所以聽到了。不過她沒能看到她們的表情就是了。」珈珈停頓了幾秒，「剛剛我聽阿杜說上次和妳聊過古思怡對吧！」

我看了阿杜一眼，再看向珈珈，「是呀。」

「妳知道古思怡是方曜慎一直喜歡的人嗎？」珈珈沒看見我臉上出現她預期的表情，驚訝地提高了音調，「妳知道了？」

「嗯。」我苦笑了一下。

阿杜原本只是聽著我和珈珈談話，這時也好奇地開了口，「妳怎麼知道的？」

「方曜慎說的。昨天吃消夜的時候聊到，他告訴我的。」我聳聳肩。

「是喔……」珈珈臉上洩了氣的表情，像掌握了錯誤方向似地感到十分失望。

「而且，今天在方曜慎住處時，我還發現原來方曜慎就是在卉卉學姊的廣播節目中，那個常常點播的深情聽眾『曜』。」我抿抿嘴，「所以呢，那個『曜』一往情深的對象就是古思怡。」

「真的假的！」阿杜和珈珈異口同聲，眼睛睜得大大地看我。

「是啊，我親眼看見明信片的。看見的時候，當下我的感覺好奇怪，我也說不上來，還覺得自己很蠢，完全沒有將他和那個點歌的『曜』聯想在一起。」

「哇！這麼說，我們孜螢是遇到強大的勁敵了。」阿杜和珈珈對看了一眼。

「什麼強大的勁敵？」

「情敵啊！」

「什麼嘛……」我輕哼了一聲，「我跟方曜慎又沒有怎麼樣，更何況明明知道他有喜歡的人還去喜歡他，我又不是腦袋壞掉了，這根本是自討苦吃。」

「可是喜歡就是喜歡了嘛！話別說得太早。」珈珈拍拍我的腳，要我讓出一個位置。她坐到沙發上來，「幹麼輕易退縮？」

「拜託！誰說我喜歡他了？」

「難道妳不覺得他是一個值得交往的對象嗎？」

「他是不錯的人啊！和他相處起來也覺得很安心、很自然，」我皺皺眉，「可是這和交不交往無關，我們就只是把對方當作好朋友而已。」

「身為旁觀者，我們可是看得一清二楚。」珈珈並沒有被我說服，「而且我覺得也許連方曜慎都對妳有好感而不自覺呢。」

我疑惑地看了珈珈，「怎麼可能？」

「我就是這樣覺得啊，第六感。」珈珈眨了眨眼，雖然她的第六感一向很準，這次我實在覺得錯得離譜。然而當我想扮個鬼臉時，卻瞥見一旁點頭如搗蒜的阿杜。

「今天方曜慎來找我拿鑰匙，提到妳的狀況時，他臉上那種誇張的擔心我和阿杜都覺得實在是非同小可。」

「他確實是很擔心我，但純粹是出於他把我當成好朋友，而且他覺得要不是昨天找我一起吃消夜的話，我應該不會感冒，所以才這麼擔心，也才會有這麼一段學妹所謂

『英雄救美』的假象。」將心裡的話一口氣說出來的同時，我發現此刻自己好像不只是在說服珈珈和阿杜而已，好像同時也在說服自己，讓自己更加清楚方曜慎對我的好其實沒有多餘的什麼情愫。

只是，我明明就很清楚的不是嗎？為什麼還需要說服自己呢？

還是我的潛意識裡有什麼自己沒發現的情緒嗎？

珈珈攤了攤手，「我在想，也許你們兩個之間都沒有發現對彼此的好感正悄悄在轉變吧！」

「不可能。」

「那我問妳，如果有一天妳突然發現自己喜歡他，妳會怎麼做？」

因為很清楚珈珈一定會要我回答這個問題，於是我想了想，「好像不會做什麼，就默默地喜歡吧。」

「為什麼？」珈珈提高了音量，十分吃驚地問我，「以前我說我對阿軒有好感的時候，妳不是要我勇敢去追求嗎？」

「那不一樣，因為當時阿軒沒有喜歡的人，但是方曜慎有，而且說不定他們已經是只差一個契機就會成為男女朋友的關係。」

「那又怎麼樣，愛情這種事很難說。」

「他對古思怡這麼深情，我不想踩進去攪和，最後遍體麟傷就麻煩了。」

「孜螢，幹麼這麼沒信心？」

「我不是沒信心，我只是相信我看見的。妳不知道，他提到古思怡的時候，眼神裡的那種深情好堅決。」

「愛情沒有絕對啦。」珈珈沒有被我說服。

「也許吧。但是就算我真的意外地不小心喜歡上他，還是覺得別告訴他比較好。」

「為什麼？」這次說話的是阿杜，他滿臉不可置信的樣子，「這樣就不是勇敢追愛的王孜螢了。」

我苦笑了一下，沒有反駁，因為阿杜說得一點也沒錯，這樣確實就不是勇敢追愛的王孜螢了。

從前的王孜螢，總是勇敢地告訴林韋詔我喜歡他，總是鼓勵珈珈勇敢面對阿軒，總是慫恿阿杜積極追求他喜歡的中文系女孩。但是，此刻的王孜螢好像變得不像自己，竟然連面對珈珈拋出來的假設性問題都給了一個完全不同的答案，只因為對方是方曜慎以及古思怡。

我不知道為什麼，也許是那時方曜慎的眼神太過深情，也或許是古思怡的完美使我沒自信。

何況，把他們兩個擺在一起，根本就像極了童話故事裡的王子公主，和王孜螢這樣的小草怎麼想都不搭。

我打了個呵欠，「有點累，想去洗澡了，不用花腦筋討論這些問題啦！反正討論再多，也只是假設罷了。」

「有一天說不定這些假設性的問題就變成必須要面對的事囉！」珈珈眨了一下她的右眼，表情十分曖昧。

「如果真的變成這樣，妳的好朋友兼好室友王孜螢，恐怕又要陷入下一段失戀療傷期，又要拉著你們一起去司令台前不醉不歸了！」

32

後來的一兩個星期，不只是阿杜、珈珈和我，所有同學都陷入了瘋狂的忙碌黑暗時期。大二的我們，在報告、期中考、報告、期中考輪番上陣的兩週當中連續熬夜好幾天，直到考完最後一科，以及最後一份期中報告繳交完畢，才真正解除了期中考的危機警報。

而考完最後一堂考試後，我混沌地拖著疲憊的腳步和珈珈一起走出教室，決定立刻飛奔回住處完成兩個人最大的心願——好好補個眠。一走下樓，出了教學大樓的門口時，在我們前面的女孩引起了我的注意。我偷偷地用手肘碰了珈珈一下，然後用氣音告訴她，走在我們前面的那個人正好是古思怡，而珈珈給了我一個「也太巧了」的表情之後，古思怡和她朋友的對話意外地飄進我們耳裡。

「那天的點播妳聽到了嗎？他又點了一首歌給妳，這次超浪漫的，特地要祝妳生日快樂。」古思怡的同學突然說了這樣的話，而耳尖的珈珈拉了拉我的手，因為很明顯的，那個「他」指的是方曜慎。

「是嗎？但妳不覺得這種事情久了好像也沒有一開始那麼令人感動嗎？」

「思怡，妳真的是身在福中不知福，妳不知道我們學校裡有多少人羨慕死妳了。」

「有時候，這種行為只會造成我的困擾罷了。」

「妳幹麼不接受他啊！」

「接受？我又不是……」

古思怡看著走在她右側的同學說，但話還沒說完，她突然往後看，迎上了我的目光，用一種尖銳的眼神看著我，「妳聽到了？」

「啊？」一時沒會意過來，我呆滯了兩秒，直到她朋友開了口，說了更刺耳的話，才讓我恢復清醒。

「妳偷聽我們的話？」

「沒有。」我搖搖頭。

「分明就有，不然妳幹麼鬼鬼祟祟地走在我們後面。」

「喂！說話需要這麼過分嗎？」珈珈生氣地說：「這裡人那麼多，大家都擠著想趕快走出去，我們只不過是碰巧走在妳們後面而已，幹麼怪我們偷聽？」

「有沒有偷聽妳們心裡有數。」古思怡的同學還是不甘示弱。

「我們還想怪妳們講話不懂得控制音量呢。」

「奇怪，妳講不講道理啊。」

「算了。」古思怡看了珈珈一眼，然後又用一種奇怪的眼神看我，「反正有些人就是習慣偷別人的東西，所以偷聽還算是小事。走吧！我們快去社團練習。」

「也對啦！」她的同學哼了一聲，冷冷地笑了，接著和古思怡很快地鑽出人群迅速往前走。

「太過分了。」珈珈氣得跺腳，「什麼跟什麼！哼！」

我站在原地，看著高䠷的身影鑽出人群，耳邊似乎還圍繞著她用那好聽聲音說的難聽話，「珈珈……」

「嗯？」

「她剛剛的意思是說，我……偷走了她的東西嗎？」因為沒想到會從她那樣的美女口中聽到這種話，我發現我握緊了拳，正微微顫抖著。

「對。」

「所以她說的東西……是方曜慎嗎？」我的拳頭握得更緊了。

「我不知道，不過……喂！」

沒等到珈珈的回答，我往前大步走去，閃過眼前擁擠的下課人潮，快步往前走，直到看見古思怡和她同學的背影，才叫住了她。

「怎麼樣？」

「妳剛剛說我習慣偷走別人的東西？」我握著拳，面對眼前高出我好多的古思怡。

她點點頭，「是啊！」

「我不太懂妳的意思，因為我不是妳口中習慣偷別人東西的那種人。」我直直地看著她。

「妳本來就是。」古思怡看著我，漂亮的大眼睛卻流露一種令人討厭的眼神。

「孜螢……」珈珈也跑了過來，站在我旁邊，拉了拉我的手。

給了珈珈一個苦笑後，我堅定地看向古思怡，「我不管妳怎麼想我或是怎麼說我，雖然這是誤會，我覺得我也沒必要跟妳澄清什麼。」

「嗯，所以呢？」

「我只是要跟妳說，如果妳講的『東西』指的是方曜慎，我想告訴妳，他不是東西，他只是一個很喜歡妳的人。」

而且，是用著無法形容的深情，非常非常喜歡妳的人。

「然後呢？」

「我不知道妳究竟喜不喜歡方曜慎，也不知道妳遲遲不接受他的原因是什麼，但是妳如果一直把他對妳的好視為理所當然，一直利用他對妳的感情，我一定會告訴他別再浪費時間在妳身上。」

古思怡露出一個漂亮的微笑，我看來卻覺得刺眼。然後她用擦了淡粉紅色護唇膏的嘴告訴我，「妳確定他會聽妳的勸告嗎？」

「妳……」

「不好意思，我們趕著去社團練習，要排一場非常重要的戲，沒有時間跟妳們在這裡瞎攪和。」古思怡輕哼了聲，「不過既然妳這麼想知道為什麼我遲遲不接受阿慎，離開之前，我可以大方地順便告訴妳為什麼。」

「……」我已經氣到說不出話了。

「因為我就是很享受這樣被喜歡的感覺，被像他這麼受歡迎的人喜歡著，然後被像妳這樣平凡的人羨慕著。」

「我沒有羨慕。」我認真地看著她，「妳誤會了。」

「是嗎？」她冷笑了一下，「至於我為什麼不接受他，是因為我非常非常享受這種曖昧，我一旦接受了他，不就沒有機會再認識其他的男孩了嗎？我是不會因為一棵樹放棄一大片森林的。」

「妳實在是太過分了。」我的拳頭從剛剛到現在都沒有放開。對於她所說的每一句話，我已經氣得不知道該說些什麼來反駁她。

「真抱歉，」她故意看看錶，「我們該走了。」

「對呀！快來不及了。」她的同學拉著她往前走，只是，古思怡才走了幾步，又停下腳步回過頭來看我，「妳喜歡阿慎吧？真可惜，這注定是一場還沒開始就結束的感情。」

33

「沒想到她竟然這麼討人厭，那張美得像天使般的臉實在是太騙人了。」

我吸了一口氣，從剛剛開始，我情緒一直激動得緊握著拳頭，此刻終於稍稍恢復了一些理智。只是，一想起她所說的那些話，一把無名火又突然衝上心頭。

第一次看見她的時候，就像珈珈所說，因為她那張美得像天使般的臉，讓我以為她是不錯的女孩，後來知道方曜慎喜歡的人是她，心裡甚至覺得他們非常登對、非常適合。只是，剛剛那一段對話，讓我對這個人的印象畫上了無數的叉叉，甚至徹底討厭起這個叫古思怡的女孩。

尤其一想到她所說那些關於方曜慎的話，不僅把方曜慎比喻成「東西」，更為了虛榮而自私地接受方曜慎的好，這種種態度與行為，都讓我氣得想立刻把剛剛的一切告訴方曜慎。

心中有一股旺盛的怒火不斷地延燒，我急著從背包裡找出手機，卻因為氣得發抖，手機因此掉到了地上，還是珈珈幫我撿起來的。

「孜螢，還這麼氣喔？」

我看了珈珈一眼，哼了一聲，「我真的很氣，沒想到她是這麼討厭的人，為什麼這樣踐踏方曜慎的感情，為什麼要這樣把方曜慎對她的好當成理所當然，為什麼她這麼討厭！」

「真的很討厭沒錯，以前去看過戲劇社的表演，後來也跟學妹聊過擔任主角的她，當時還以為她真是人美心美，沒想到是這種人。」珈珈也哼了一聲，和我一個鼻孔出氣。「原本以為只是她朋友比較機車，沒想到她那種嘴臉更討厭，真讓人想要一巴掌呼下去。」

「嗯……」我深深吸了一大口氣，盡可能把自己的情緒平復下來。但一想起古思怡的樣子，我又開始呼吸加速。

我握著手機，打開手機的解鎖鍵，在通訊錄的選單裡找到了方曜慎的電話，右手的手指直接按下撥打，但不到一秒，趁著還沒接通，我又懦弱地按了結束通話的選項。

「怎麼了？」看著我莫名其妙的行為，珈珈同時也覺得疑惑。

「沒有，我只是想到她說『妳確定他會聽妳的勸告嗎』。」

我緊緊地握著手機，內心交戰了好幾回合。

說，不說，說，不說，說……還是不說？

嘆了大大的氣，我還是拿不定應該怎麼辦，看著手機，原本想收起來了，手機竟在這時候震動，螢幕上出現方曜慎笑得很好看的臉。

珈珈很有默契地和我對看了一眼，也許發現我的猶豫，「接啊！」

「我還沒想好該不該告訴他。」我抿抿嘴。

「哎喲！管他的，就先接。」珈珈直接拿走我手上的手機，滑動了手機螢幕上的接聽鍵，然後接起了電話，「阿慎，我是珈珈，喔！因為她……呃……」

「噓……」我將食指壓在嘴唇上，示意珈珈別說出來。

「呃，沒事啦！孜螢她就是心情不太好，你等一下喔！」珈珈聳聳肩，將手機放在我的手掌心。

「喂！」我接了電話。

「考完了嗎？」

「嗯，剛剛考完期中考的最後一節考試，正想跟珈珈回住處補眠。」

「是不是考不好啊？」

「沒啊！怎麼這樣問？」

「因為妳的聲音聽起來無精打采的。」

「只是有點累。」

「是這樣嗎？」

「對，這幾天都熬夜，所以……」

「但是我看妳哭喪著臉的樣子，好像不只是睡眠不足，感覺起來心情很不好耶。」

他在電話那頭用很溫柔的語調說著，低沉的嗓音格外有磁性。

「哪有，別聽珈珈亂說，」我急著反駁。不過，思考了一下他說的話，覺得事有蹊蹺，他說「我看妳哭喪著臉的樣子」，難道他正在附近？

「你在哪裡？」我看了看四周可能的地方，害得珈珈也跟著我東張西望，但我們倆個就是沒能成功找到方曜慎藏身的位置，「怎麼都沒看見你？」

「哈哈！」電話那頭的他開朗地笑著，「看看妳們左邊大樓的樓上。」

「嗯……」我往他所說的方向看去，果然在三樓平台花園處看見正對著我們招手的方曜慎與阿威，於是我和珈珈也揮了揮手，「喔！我看到了。」

「我們也剛考完試，要不要一起去吃個東西？」

「喔……吃東西啊？」我原本想拒絕，看了珈珈一眼，她猛點頭然後用嘴形告訴我「妳去就好」，我忍不住皺了皺眉。

「對啊！要不要也邀珈珈一起？上次我們說要請妳吃頓大餐。」方曜慎的話一說完，話筒立刻傳來阿威的聲音，「順便慶祝期中考圓滿考完。」

「算了，還是改天吧！」我思考了幾秒，最後做下決定，給了他們一個否定的答案，「我真的覺得現在精神不濟耶……」

雖然心裡也有一點想拉著珈珈和他們一起去吃個東西，但同時想起原本想告訴他關於古思怡的事情。其實我心中還沒有決定該不該告訴他，或者該用怎樣的態度與說詞，所以拒絕了他們熱情的邀請，盡可能地用自然的語氣婉拒他們，然後從容地以「精神不濟」的理由來包裝我矛盾又猶豫的情緒。

「是喔？」電話那頭，他語氣明顯與剛剛興沖沖的熱切有了差異，就像被澆了一盆冷水。

「對啊。」我轉頭看著左邊的大樓樓上，比了個敬禮的動作，「對不起啦！我真的有點兒累了。」

「那好吧！只好改天囉！」

心裡有一點點失望，不過我還是覺得在自己沒有確定該怎麼告訴方曜慎的時候，這應該會是最好的決定，以免和他相處時，又不小心忍不住衝動地脫口對他說剛剛發生的事情。

也許有點懦弱，也許有點莫名其妙，但我總覺得應該要在我處理好情緒後再思考應該用什麼方式和方曜慎談。畢竟他喜歡了古思怡這麼久，也許會有一點無法接受這樣的真相。

「珈珈，我們走吧。」

「妳真的不去喔？」

我搖搖頭，「改天吧！我真的好想睡覺，而且我還在猶豫該怎麼樣告訴方曜慎。」

「幹麼猶豫？」

再次看向大樓樓上的方向，朝著他們揮了揮手，我就拉著珈珈往停車場走去，「想想，我剛剛立刻就想告訴他，似乎太衝動了一點，他喜歡古思怡這麼久，不管他相不相信，這對他來說都是很難過的事情吧！」

「但是，總有一天也是要讓他知道的不是嗎？」

我吸了一大口氣，「會的，這幾天我一定會找機會和他說，我只是還沒整理好應該怎麼開口而已。」

「孜螢，我覺得妳對他真的很好耶！」

我看了走在我身旁勾著我的珈珈一眼，吐了吐舌頭，「我知道妳想說什麼……」

「雖然我本來就覺得妳對他有一種與眾不同的感覺，但是說真的，我剛剛還是有點驚訝。」

「驚訝？」

「剛剛在古思怡面前，我原本以為妳氣得快冒火是因為她說妳是小偷，習慣偷人家的東西還有偷聽她們說話。但是聽一聽，我發現妳似乎比較在意的反而是關於方曜慎的部分。」

「關於方曜慎的部分……」我抓抓頭，經珈珈這麼一說，我才驚覺似乎真有這麼一回事。

是啊，當時雖然自己被這樣批評也覺得生氣，但是真正氣到顫抖，氣到想揍人好像是因為方曜慎。

「對吧！」

皺皺眉，我又抓了抓頭，經珈珈這麼一提，愈想就愈搞不懂自己究竟是怎麼了。

「算了啦，我們快點回去吧！我混沌的腦子已經不能再思考什麼了。」

34

回到住處後，昏昏沉沉地就睡著了。但也許是心裡有事，睡眠實在很淺，迷迷糊糊醒來好幾次，再度睡著時又做了一些奇怪的夢。這些夢雖然沒有連貫，也沒有任何關聯，卻有幾個畫面裡出現了方曜慎。

我走出房間，慵懶地坐在客廳的沙發上，看見珈珈貼在茶几上說她去找阿軒的紙條，於是我拿起遙控器，打開電視，隨意找了個看起來還滿好笑的綜藝節目，躺在沙發上優閒地享受期中考後的輕鬆。

直到我的手機響起，是方曜慎的來電，他問我吃晚餐了沒，要不要一起去吃。電話中他拋出來的明明是問句，但我還沒考慮清楚，也還沒給他肯定的答案，他接著就說「五分鐘後到妳住處樓下，等我撥給妳再下樓」，然後掛斷了電話。

「睡飽了嗎？」他帶著微笑看著我，輕輕地幫我戴上安全帽。

「嗯，還算不錯。」我扣上扣環，沒有告訴他，在我夢裡他不識相地出現，打擾了我的睡眠。

「有沒有特別想吃什麼？」

「都可以。」我跨上機車，手輕輕放在他的腰際。

「那我們去學校附近那家簡餐店好了，好久沒吃那家了。」

遲疑了幾秒，「喔，好啊！」

「那要抓好喔。」他輕輕地將我的手往前拉了些，然後轉動油門，機車緩緩往前開始移動。

「你今天不用練球喔？」

「這週期中考週，教練放我們幾天的假，讓我們好好惡補一下功課。」

聽到「惡補」兩個字，我笑了出來，隨即想起他的功課明明就很好，「我記得你的成績不是系上的翹楚嗎？」

「總還是要念點書吧！更何況就算我和阿威不必太過擔心，但其他隊友總也要努力一下。」

「也對。」

「妳呢？考得怎麼樣？」在路口遇到紅燈，他停在停止線前的機車停車區，從後照鏡看著鏡子裡的我問。

「普通吧！這次考的範圍比較多，我只能說盡力了。」我給了他一個微笑。

「嗯，很多事情本來就是盡力就好，如果為了這些盡了力的事情而心情不好，其實有點不划算唷！」

「什麼意思？」拉開安全帽的透明防風罩，我睜大了眼睛問，隨即猜想到他一定誤以為我的心情不好是考試的關係，「你該不會以為我因為考試在不開心吧？」

「不是嗎？」前方的紅燈轉成了綠燈，他說出了問句，又拉了拉我的手之後，才繼續慢慢地往前騎。

我搖搖頭，「當然不是，幹麼亂猜。」

「那妳為什麼心情不好？」

「我……只是遇到一個討人厭的人，覺得很不開心而已。」

那個人正是你喜歡了好久的古思怡。我之所以心情不好，是因為我始終拿不定主意，不知道該怎麼告訴你這一切。

倘若只是考試考差了，下次再努力就好了，最悲慘的下場頂多被當重修，我才不會為這種事傷心難過。

「是喔，既然知道對方是討人厭的人，那就別把他的討人厭放在心上，免得自己不開心啊。」

「這位先生，你說得倒是很輕鬆，換成是你，也許你會比我沉重一百倍。」

「喔？說來聽聽。」

「算了，你不會懂的。」

「妳不說，怎麼知道我會不會懂？」

「本姑娘現在心情好，不想再提起討人厭的事，等我想說的時候再跟你講吧！」

「嗯。」坐在機車前座的他點了點頭，「前面有輛砂石車，先把安全帽的防風罩蓋好，免得吸到太多灰塵。」

「喔，好。」我聽話地將安全帽的透明蓋蓋上。

我坐在後座，偷偷看著後照鏡裡的他，突然覺得他的眼睛不僅好看也很深邃，專注而認真地看著前方的眼神，有一種很吸引人的魅力。

看著他，我突然想起珈珈說過的很多話，也想起今天珈珈說她覺得我真的對方曜慎很好。

經珈珈這麼一提，現在冷靜了些之後，我仔細想想，確實也是這麼一回事。古思怡說我是小偷的那些話固然讓我莫名其妙，但我真正生氣到差點冒火的，卻是因為她對方曜慎的態度與看法，以及她所說的那些足以刺傷方曜慎的話。

為好朋友出一口氣固然是理所當然的事，可是真的只是單純的「為好朋友出氣」嗎？為什麼當時我想到的，全都是方曜慎提到古思怡時眼神裡的那種深情，因為如此，我對古思怡的種種言詞舉動更加無法忍受。

「請問妳是看我看到入迷，還是純粹發呆愣著？」

「啊？」回過神來，我看見他正從後視鏡看著我，「哪有。」

「不然怎麼會連到了都不知道。」

我尷尬地看看四周，發現確實已經來到了學校附近的簡餐店前，於是趕緊下車，脫掉安全帽。

「到底在想什麼啊？」他將機車熄了火，邊脫安全帽邊帶著微笑問。

搖搖頭，「沒什麼，只是發了個小呆而已。」

我沒有多說什麼，又隨便給了他一個隨口胡謅的答案。

35

不知道是哪種奇怪的巧合，這家簡餐店前一陣子我才和林韋詔一起來吃過，現在方曜慎也正好邀我一起過來。而走進店裡，十幾張桌子都已經坐滿，就唯獨我上次和林韋詔吃飯時坐的桌位空著，店員正好將桌面整理乾淨，方曜慎也巧合地坐在上次林韋詔的位置，我當然也就坐在之前來的時候同樣的座位上。

「妳果然也是內行人。」店員幫我們點完餐，坐在我對面的方曜慎笑著說。

「嗯？」

「知道這家店的招牌是石鍋拌飯。」

我不客氣地翻了白眼，「這應該是全校同學都知道的『祕密』好嗎？」

「哈哈！這麼說也對，天大的『祕密』。」方曜慎哈哈地笑了開來，他今天心情似乎很不錯。

「這學期還沒來吃過，今天不知怎麼的，就突然很想吃。」方曜慎聳聳肩。

次。」

「是喔……」我看著他，想起之前才和林韋詔來過的事，「我這學期倒是來吃過一

「和珈珈、阿杜他們嗎？」

「不是，是前男友。」我苦笑了一下。

「前男友？」

「嗯，他們系上這次和我們學校的會計系合辦迎新活動，所以前陣子常常到我們學校開會。有一次他開完會，我也剛下課，他正好打電話給我，所以就一起吃飯了。」

「分手後還是朋友，其實滿難得的。」

我笑了一下，「老實告訴你，那天我本來是要假裝說我不在學校好拒絕他的，可是學校鐘聲露了餡，害得我只好答應。」

「那……」他認真地看著我，猶豫了一下，「那見面還開心嗎？」

「好像也沒有什麼開心不開心的，還滿平常自然的就是了，」我抿抿嘴，「就像是很久沒見面的老朋友突然約了見面一樣，沒什麼特別的感覺。」

「分手後都沒聯絡嗎？」

「是一直到前一陣子他才開始打電話給我，就隨便聊些生活瑣事。後來有幾次找

我，我正好也有事沒約成，大概是這樣。」

「是沒約成？還是不想答應他？」

我瞪了他一眼，但心裡很佩服他的料事如神，「是真的有事沒約成，不過我也不想答應，那次就是這麼不巧。不過，後來發現其實這一切也滿輕鬆自然的，沒有我想像的這麼恐怖。」

「莫非妳前男友是肉食性動物？竟然用『恐怖』兩個字形容。」

我嘆了一口氣，正巧這時店員送上來我們兩個的石鍋拌飯，「謝謝。」

「謝謝。」方曜慎帶著微笑向店員道了謝，而店員也許看在這位男客人長得很帥的分上，還特別送上大杯的飲品，說是今天特別招待的。

「託你帥臉的福，讓我也佔了便宜。」我指著眼前的冰奶茶，故意消遣他。

「不客氣，那下次換妳請我喝飲料。」

「那有什麼問題。」我哼了聲，開始攪拌我的石鍋拌飯，「或者你要我扣掉操場一圈也可以。」

「所以，那天見面大致來說還算開心囉？」

「真的還好，雖然見面之前覺得很緊張，可是真的見到面反而沒什麼了。剛剛不是說過了嗎？一切就很自然啊。」

「嗯。」

「而且吃完飯之後我挺高興的，因為珈珈說過，如果能夠自然地與他相處，就代表我已經成功地把他從我心裡趕出去了。」我停頓了一下，然後又嘆一口氣，「不瞞你說，分手之後，儘管兩個人變成了陌生人，他確實還是一直在我心裡，每個回憶有他，每一段過去有他，連吃個石鍋拌飯也有他。那時候自己都覺得好沉重，所以，相對的現在已經輕鬆多了。」

「嗯，我了解，」他抿抿嘴，眼神裡藏著一種我無法解讀的情緒，「上次聽妳說過，他是為了另一個女孩和妳分手的，對嗎？」

我無奈地點點頭，「是啊！當時除了分手很難過之外，總是會胡思亂想，覺得自己是不是哪裡不夠好，是不夠溫柔、不夠體貼，還是哪裡變了，變得不是他喜歡的樣子了。老實說，雖然都過了這麼久，現在偶爾想起，我還是不免思考當時的自己或是現在、未來的自己是不是有哪些地方需要修正。」

他原本拿起了湯匙，此刻又將湯匙放下，一樣認真地看著我，「王孜螢。」

「嗯？」

「他當時為了別的女孩放棄你們之間的感情，也許是因為那個女孩吸引到他，但這整件事情明明就是他的錯，絕不是妳不好，妳根本沒必要胡思亂想的，把一切全部歸咎在自己身上。」

我抬頭看到他突然變得嚴肅的表情，「我知道。」

「還有一件事情請妳永遠記得。」

「什麼事？」

「別因為這件事情受影響。」他挪動身子，往前靠近了些，「妳很好，我一直都覺得妳是一個很棒的女孩。」

我抿抿嘴，給了他一個淡淡的笑，沒有回應他什麼，只是默默拿起湯匙舀了第二口飯放進嘴裡。

低頭看著還冒著熱氣的石鍋拌飯，我發現突然有個念頭在腦海中一閃而逝。

如果你覺得我是個很棒的女孩，那麼你會喜歡我嗎？

不會的，對吧？

因為你心裡還有另外一個女孩，而且她還是存在你心底那顆永遠無法取代的星星，所以即使我發現她是個討厭的人，但是她在你心中始終都在那個最中央的位置。

不可動搖的位置吧！

我抓抓頭，將自己從可笑至極的想像中拉回現實，同時覺得自己真的好奇怪，怎麼會有這麼奇怪的想法與念頭呢？

莫非，我的心裡真有這麼一絲絲期待嗎？

而這樣的期待又是為了什麼？

「恭喜妳。」

我尷尬地笑了一下，希望他沒有發現我偷偷想得出神，「恭喜什麼？」

「恭喜妳走出上一段戀情，可以迎接另一段感情囉！」他露出好陽光的笑容，微微舉起裝了飲品的杯子，「乾杯！」

我也很配合地拿起我的玻璃杯，輕輕和他的杯子碰了一下，「乾杯！所以，問了我這麼多八卦，現在又鼓勵我迎接新戀情，請問方曜慎你這位萬人迷……」

「嗯？」

「鋪陳了這麼多，請問你是想追我嗎？」我笑笑地說，和他開起玩笑來。可是這個玩笑問出來的時候，我突然察覺到我的內心好像有這麼一點想得到某個特定答案。

「妳給追嗎？」他瞇起了帶著笑意的眼。

「還是算了，再說，你放得下你的古思怡嗎？」我笑笑的。只是，明明是以開玩笑的心情與他說了這些話，此刻我卻刻意閃避了與他交會的目光。

「那可不一定。」

「是嗎？」我喃喃自語。一提到古思怡，就讓我想起今天在學校遇到古思怡的事情，我於是又開始猶豫該不該說出來。

我低著頭，假裝認真地連吃了好幾口石鍋拌飯，其實心裡猶豫得很。

「方曜慎……」

「嗯？」

「如果可以，你能不要再喜歡古思怡了嗎？」放下湯匙，我發現說這句話時，我心跳快得不像話。

「嗯？」他滿臉疑惑，也放下湯匙看我。

他表情充滿了困惑，使我又突然退縮了些，「我只是覺得，你追她追了好久，但她遲遲沒有答應和你交往，或許她有其他喜歡的人，或是有其他的考量，所以……」

「孜螢，我知道妳是為我好，但是我喜歡她，所有對她的付出都是心甘情願的。而且，喜歡一個人，本來就是自然而然地只想對她好，當然希望有一天對方能夠感動。只不過，如果讓她感動的那一天始終沒有來，我想我也不會後悔的。」

「可是……」

「快吃吧！涼了就不好吃囉。」

「喔。」

「謝謝妳，我知道妳是為我著想的。」

給了他一個微笑，但是我的雙手放在腿上，卻因為一種複雜而莫名的感受微微地握了拳。我發現此刻在講與不講之間搖擺不定的自己真的很沒用，同時也諷刺地覺得自己稍稍能夠體會到，為什麼電視劇裡頭常有人物會隱瞞某些真相，即使觀賞電視劇的我們都罵得要死。

36

「我聽說市區那裡也有一家類似的簡餐店，餐點都滿好吃的，而且阿威上次去過，他說義大利麵還有石鍋拌飯都很棒。」

走出簡餐店門口，我們走到停放機車的地方，我接過他遞給我的安全帽，扣上。

「改天一起去吃？」

我笑了笑，「好啊！」

「等一下！剛剛怎麼都沒發現……」

「啊？」我覺得莫名其妙，他突然好專注地看著我。「怎麼了？」

「這個。」他伸出手，用他修長的手指輕輕地碰了一下我的臉，「有個東西黏在妳臉上了。」

「太丟臉了。」我靠近機車，趕緊看了看後視鏡，確定臉上沒有任何異物了，才又鬆了一口氣。

「這也沒什麼好丟臉的，幹麼臉紅成這樣？」

我碰了碰自己的臉，兩頰微微地發熱。我難為情地別過臉，卻正巧看見在我們不遠處正和朋友一起朝著我們走來的古思怡。

我的老天爺啊！這會不會太巧了點？為什麼會在這裡讓我遇到古思怡呀？剛剛吃飯時因為講到了古思怡，也許是太多情緒作祟的緣故，總覺得和方曜慎的談話有一點不自然。後來，總算在酒足飯飽之際恢復了原本的熱絡與熟悉感，怎麼又在這種時候讓我們遇見這個討厭鬼呢？

我嘆了一口氣，正猶豫要不要主動跟方曜慎說古思怡在那裡的時候，立刻聽到古思怡用她甜美到不行的聲音喊了方曜慎的名字。

「好巧喔！你也來吃飯啊？」古思怡終於來到我們面前，在她露出洋娃娃般漂亮的笑容時，我發現她同時瞥了我一眼。

「是啊！和孜螢剛剛吃完。」方曜慎溫柔地笑著說：「妳們呢？」

「我們也剛吃飽，才想要請你幫忙呢。」

「喔？什麼忙？」

「我的筆電昨天拿回來了，只是，很多程式需要重灌，所以想麻煩你。」古思怡往前站了一步，拉了拉方曜慎的手，「所以想問你有沒有空。而且今天我有一些報告的資料要打，自己的筆電用起來也比較順手。」

方曜慎看了我一眼，然後又看向古思怡，「今天？」

「嗯，思怡說你上學期也修過藝術人文的通識課，所以想請教你報告的一些細節。」古思怡的同學幫腔，「這樣我們就可以有效率地完成報告了。」

我看著眼前的兩個人，雖然覺得這些理由實在有點牽強，但礙於方曜慎對於古思怡的情感，我選擇沉默地站在一旁，什麼也不說。

畢竟這是他們之間的事情，我介入太多似乎有點奇怪，怎麼想、怎麼看，此刻的我好像都沒有說話的餘地。

於是我靜靜站在一旁看著他們，暗自希望他們能夠快達成協議，讓我離開這令我尷尬的情境。

「可以嗎？」古思怡放在方曜慎手臂上的手沒有離開，稍微搖晃了一下。

「不然晚一點，我現在先送孜螢回去。」

古思怡瞥了我一眼，也許是我多心，但那樣的眼神裡藏有奇怪的意味，我也迴避了她的眼神。「不能直接跟我們回去嗎？」

直接跟妳們回去？所以意思是我必須自己想辦法回家嗎？

原本不想與她眼神交會的我抬起頭看著她，想為有點委屈的心情發聲，但在我開口前，方曜慎開了口，我於是將話吞了回去。

「我先送孜螢回去，到妳住處的時候再撥電話給妳，好嗎？」

方曜慎的話一字一句傳進了我耳裡，奇妙的是竟讓我有種放心的感覺。當然心裡也察覺到一絲絲的開心，開心他沒有因為眼前這個討人厭的女孩放我鴿子。只是，雖然這種開心的感覺十分強烈，卻也總覺得心裡好像還是有一點點、一點點的……酸澀。

而這樣酸酸的感覺，似乎是因為他想都不想地就答應了古思怡的請求。

雖然我知道，如果今天是我有事拜託他，他應該也會毫不猶豫答應我，只是現在我卻無法克制心中這種酸意，只得任由它從一點點、一點點，逐漸變得多一點、多一點。

「阿慎……可是我們的事情真的很急迫。」這次開口的是古思怡的朋友，她們顯然不放棄任何機會。

「我會盡快。」方曜慎抿抿嘴，「是我約孜螢出來的，把她丟在這裡說不過去吧！」

我抬頭看了一下表情好認真又有一點嚴肅的方曜慎，覺得此刻他比平常更帥氣一百倍了。

也許看出了方曜慎的堅持，古思怡她們沒有繼續遊說，和方曜慎大概約了時間，就離開了我的視線。

「走吧！」他戴好安全帽，用手在我眼前揮了揮，「孜螢？」

「啊？」回過神來。

「我們走吧！」

「好。」我跨上機車，像來的時候一樣，將手輕輕地扶在他的腰間。

「孜螢……」

「怎麼了？」

「剛剛思怡她比較急了一點，她有時候急起來就容易說錯話，所以才會表現得好像有點自我中心，她是無心的，千萬別跟她生氣，也別放在心上。」

「喔。」

聽了方曜慎為古思怡辯解的話，我深深吸了一大口氣，看著路旁逐漸往後退的景物，竟發現自己的眼眶有一點熱熱的，然後，不小心掉下了眼淚。

我根本搞不懂自己到底是哪根筋不對，也不懂現在自己到底是為了什麼哭，只知道好像有一點因為方曜慎為古思怡的辯解而不開心，只知道好像有一點因為方曜慎對古思怡所有行為的包容，只知道好像有那麼一點，因為方曜慎對於古思怡的好，王孜螢永遠得不到的關係。

很多很多的「一點點」，最後混成心裡五味雜陳的感受。

我吸吸鼻子，偷偷擦掉自己的眼淚，告訴自己不管怎樣都一定要忍住這種衝動，想哭、想流淚大可以躲回家裡，但就是不可以在這個時候掉下眼淚。

想著，我抽離了原本放在方曜慎腰際的手，改抓住機車坐墊後方的扶手。

37

接下來的幾天，我終於弄懂了自己的情緒，也終於明白了一件非常重要的事。

原來，溫柔體貼的方曜慎已經在不知不覺中走進了我心裡，而且以很快的速度進駐我內心最中央的位置。

和他吃飯遇到古思怡的那天，我回家後和珈珈還有阿杜聊了很久，這次他們一反平時愛開玩笑的風格，熬夜陪我聊了很多，聽我說了當天發生的事情，以及被方曜慎載著的時候不小心掉下眼淚的事。

「妳不覺得妳在意的已經超過普通朋友的界線很多很多了嗎？」

當對於感情方面相當理性的阿杜這樣問我，才把我從「王孜螢對方曜慎的感覺只是普通朋友罷了」的自我催眠裡拉了出來，開始認真思考自己心態的轉變。

最後我才發現，原來潛意識裡，自己根本是個不折不扣的懦弱傢伙，我始終躲在不敢正視感情的世界裡，用方曜慎對古思怡的深情築成的牆，刻意忽略我對方曜慎逐漸累積出的情感，還可笑地告訴自己，和他之間不過是朋友而已。

雖然一開始我也急著否認與反駁，畢竟我已經經歷過一段戀愛，總認為自己能很清楚知道什麼是喜歡的感覺。但真正和阿杜與珈珈認真談過，我才發現原來方曜慎早已慢慢地占據了我的心，而我也在自己毫無察覺的狀況下，接受了他對我的好，依賴著他對我的照顧，喜歡和他相處，喜歡和他天馬行空地聊天，甚至喜歡和他隨意地亂開玩笑，喜歡和他一起做每一件事……而這些明明就是很明顯的事，卻因為我的遲鈍與刻意忽略而一直沒有察覺。

儘管從前我曾認為「喜歡就要勇敢去追求」，也曾經極力鼓吹珈珈和阿杜勇敢告白，現在的我，卻做了一個要默默喜歡方曜慎的決定。在珈珈與阿杜的鼓勵下，我一度動搖過，想不顧一切地表白，但一想到他談起古思怡時的眼神，以及夾在他書桌 memo 夾上的明信片，我的勇氣就煙消雲散，完全沒有發揮的餘地。

我知道自己這樣很沒用，也知道在這個年頭，偶爾需要為自己想要的感情付諸行動，不是默默地喜歡就好。但方曜慎對古思怡的情感，卻成了我裹足不前的巨大束縛。

因為我知道，那種深情的眼神，是因為愛得夠深。

雖然，很諷刺的是，能擁有這樣深情眼神的女孩不是喜歡著他的我。

38

「這樣報告應該差不多了吧？」組員阿志看著手上多達二十幾頁的報告，認真地問我們。

「嗯，我覺得這樣已經夠了，不過還有五張到六張圖表要補上去就是了。」方曜慎轉頭看我，「是嗎？孜螢？」

「對，那些圖表已經都從參考書目印下來了，不過因為影印的關係不太清楚，我今晚再把圖表上的數據資料整理好補在電子檔上，就差不多可以送印膠裝了。」

「還是我來吧！我們麻煩妳太多了。」方曜慎體貼地說，伸出手要拿我手上的圖表影印資料。

「不用，沒關係，不會花很多時間的，」我笑了笑，然後看看組員們，「那我補好資料後就直接送印囉？還是大家會想再看一看比較安心？」

「拜託，孜螢辦事，我們當然放心。」小林笑嘻嘻地說。事實上，因為自覺沒幫上什麼忙，這一次這份大報告的打字工作，小林幾乎包辦了一半的份量，減輕了我們很多負擔。

「那我補好資料就直接送影印店了，下次上課帶給大家。」

「能夠和孜螢同一組，實在是三生有幸。」坐在我旁邊的阿威誇張得要命，還摸了摸我的頭。

「孜螢的感覺也許正好相反，搞不好覺得跟我們同組真是非常不幸。」阿志開起玩笑來了。

「才不會呢！」我吐吐舌，「我覺得非常幸運。」

說這句話時，我瞄了方曜慎一眼，突然發現自己真的滿幸運的，認識這群開朗又陽光的男孩們，還有……遇見了讓我再次跌入愛情的方曜慎。

能遇到方曜慎，我一直覺得是幸運的，儘管他心裡一直以來都住著另一位女孩，儘管我很清楚自己很難取代那個女孩的位置，但是隨著愈來愈喜歡他，自己好像就變得愈來愈不在乎。雖然不像電視劇裡的苦情女主角那樣犧牲奉獻，卻有一種每當看見他開心我自己也就開心的感覺。

是啊！看著喜歡的人臉上漾著快樂的微笑，彷彿是忘掉煩惱的解藥，讓人遇到什麼棘手的事情都變得毫不懼怕。

「對了，大家說要請妳吃頓飯，快給我們時間，一起去歡樂一下。」

「不用特別請我啦！」不好意思地揮揮手，「大家一起去吃頓飯倒是可以。」

「已經說好了就是這樣。」

「對啊！難得這群傢伙有良心，孜螢別拒絕。」方曜慎的話惹來大家一陣抗議，大夥突然陷入互相攻擊的玩笑中。

「喂，時間快來不及了，」阿威看看錶，背起運動背包，「時間差不多了，待會兒遲到就準備被教練吼囉。」

「今天這麼早練球啊？」我納悶地看了看錶，發現現在才兩點半，比平常的練球時間提早了三四個小時。

「教練又邀請了他的學長帶隊到學校來，說要來一場友誼賽。」

「是喔？」

「對啊，妳等一下不是沒課嗎？」方曜慎看著我，濃濃的眉毛微微揚起，「有沒有興趣一起來看場精采的球賽？」

「還自己推銷說是精彩的球賽喔！」我故意扮了個極醜的鬼臉。

「妳不來看就不會知道有多精彩。」方曜慎背起了他的背包，自作主張地將我桌上的資料放在我的背包裡，然後拉著我，「大家走吧！」

39

實在佩服這些球迷，沒想到這種臨時性的友誼賽還是逃不了他們的掌控。和方曜慎他們一夥人走進體育館時，裡頭已經聚集了不少的觀眾，大家似乎都想佔個好位置，以便從最好的角度看到球賽的進行。

我被方曜慎拉著手臂走進體育館，不斷告訴自己一定是我多心了，提醒自己別想太多。但無意間瞥見女同學們竊竊私語以及投射過來的奇怪眼光時，我發現自己仍然無法自然地對面這一切，於是我輕輕拍了拍方曜慎的手。

「方曜慎、方曜慎！」

「嗯？」

「不要拉著我啦！」我皺著眉頭，小聲地說。

「為什麼？」方曜慎轉過身來，滿臉疑惑地低頭看我，和我的距離很近。我不想再被敵意眼光殘殺，連忙退了一步。

我稍微看了四周，同樣用很小的音量告訴他，「我不想被這群人圍毆。」

「喔？」方曜慎故意地揚起了眉，再次伸手拉住我的手臂，「想太多了妳！光是這樣就圍毆妳，有沒有這麼誇張？」

「最好是沒有，我們女生的直覺是很準的，你沒看到那些恐怖的眼神嗎？」

「那這樣的話呢？」他故意和我開起玩笑，親暱地摸摸我的頭，然後了撥了撥我的劉海。

「方曜慎，不要開這種玩笑。」我想再往後退一步，卻被他用另一隻手拉住。「別害我了啦。」

瞪著他，我緊張地向他抗議，但是他臉上開玩笑似的頑皮笑容卻沒有因為我的抗議而收斂，看我這麼緊張擔心，反而笑得愈來愈故意、愈來愈誇張。

「方曜慎！」我低吼了一下，還搭配犀利的眼神，希望他別再胡鬧下去。

出乎我意料，他竟然伸手捏了捏我的臉，「怎麼會有這麼沒侵略性的威脅？好啦！不鬧妳了，等一下專心看球賽吧！」

「……」

「來。」他又拉起了我的手臂，走到休息區旁的一張椅子前，「這裡是妳的ＶＩＰ

座位，是好朋友才有的優待喔！」

「方曜慎，你是哪根筋不對啊？」

他原本已經轉身準備離開，又回過頭來，「我不是哪根筋不對，我只是很高興妳來看我比賽而已。」

真的是哪根筋不對吧。

我坐在椅子上，看方曜慎走進休息區的背影，突然覺得今天方曜慎真的很奇怪，雖然平常他也常常和我開玩笑，不過對於會使我困窘的玩笑總是會體貼地避免。但今天他這麼故意又這麼奇怪，好像恨不得我被這群親衛隊殺了一樣。

而且，剛剛他說的話……是說「很高興妳來看我比賽」嗎？

所以，他也很高興我能出現在觀眾席幫他加油嗎？

我發現心裡突然有一種暖暖的喜悅，只是，感受到這樣的喜悅時，我又煞風景地想起了古思怡，想起了方曜慎從前邀請過她好多次，她唯獨只出現在那次比賽中的事。

方曜慎期待我這個「好朋友」和期待古思怡那個「喜歡的人」來看球賽的心情，肯定是不一樣的吧。

所以，如果我來看比賽，他會有一百分的高興，那麼古思怡來的話，就可能是一百分再乘以一百倍的高興吧。

王孜螢，妳想這麼多幹麼！這種不爭的事實，何必要一直不斷地去想，害得自己不開心。

算了，想太多只會破壞心情。我告訴自己，此刻應該就要專心認真看球賽，專心地為自己喜歡的男孩大聲加油！

加油！我喜歡的你。你是我心底最閃耀的星星。

40

距離比賽開始不到三分鐘，現場的觀眾似乎都和我一樣期待即將開始的比賽。但原本已經做完熱身的方曜慎卻在走進休息室不久之後又突然走到我面前，嚇了我一大跳。

「不是要比賽了嗎？」我睜大了眼睛看他。

「孜螢，不好意思，我想麻煩妳一件事。」他臉上的表情有著好明顯的為難，「真的不好意思。」

「你說。」我點點頭，狐疑地看向他，「要我幫你一百件事都可以，只是一件事情哪有什麼困難的？快說，要比賽了耶！」

「我想麻煩妳到我住的地方，幫我拿個隨身碟給思怡。」他皺起了眉，眉宇之間透露出歉意。

「你說現在嗎？」

「嗯，她剛剛打電話說她把今天要報告的資料存在隨身碟，但她的隨身碟卻忘在我的筆電提袋裡……」

「那拿好隨身碟之後，是要送去給她？」其實很不想問出這個問題，迫於無奈我還是問了。

「對，她在文學院大樓三〇四教室，下一節課要用的，是一個白色的隨身碟。」

「好。」我點點頭，接過滿臉歉意的他交給我的鑰匙。

「孜螢，謝謝妳。」

「別客氣，不是說把我當成好朋友嗎？」我笑了一下，「好朋友之間，需要這麼客氣嗎？」

「謝謝。」他輕輕地摸了摸我的頭，「騎車小心。」

「嗯。」我背起背包，又給了他一個笑容，「方曜慎，如果今天我沒有來看你比賽，你會為了那個隨身碟放棄比賽嗎？」

他也笑了，一樣是好好看的微笑，「這個問題，等妳回來看著我贏了比賽的時候，我再回答妳。」

「這麼愛賣關子，不怕我報仇喔？順便給古思怡……」我把「討厭鬼」三個字自動消音，「給她一點教訓，誰叫她阻礙我看你的比賽。」

「怎麼個報仇法？」

「把她隨身碟裡的資料全部刪光。」

41

一走出體育館，才發現已經下起了稍大的毛毛雨，明明剛剛還是晴朗的好天氣，竟這樣說變就變。

唉……快步地走到停車場，找到了我的機車，很快地穿上雨衣，直奔方曜慎的住處。

當我快到目的地，在方曜慎住處的那條街口要轉彎進入街道時，突然衝出了一條大狗。我來不及反應，趕緊撇開了車頭，機車因此打滑，而我則狼狽地跌了出去。

好痛啊！真的好痛。

我緩緩站了起來，用痛到發麻的手想扶起機車。還好有一旁好心路人的協助，幫我把機車停好，熱心地問我要不要緊，是不是要送我去醫院。

那個當下，一向超級怕痛的我真的好想請路人幫我叫救護車，但是一想到方曜慎那個想請我幫忙又充滿了歉意的表情，我握緊了拳頭，謝絕了路人們的好意，確認機車還能發動之後，繼續往方曜慎的住處騎去。到了他住的地方，找到了筆電提袋裡的隨身碟，完全沒歇息地又立刻飛奔回學校衝往文學院大樓，將害死人不償命的隨身碟交給古思怡。

我終於成功達成任務後，走出文學院時，大概是因為緊繃的情緒突然鬆懈下來的關係，這才覺得右手和右腳隱隱作痛。我坐在文學院大樓騎樓下的涼椅，檢視自己面積不算小的傷口，才知道為什麼剛剛在整條走廊上會有那麼多人交頭接耳。

從背包拿出面紙，我小心地擦拭著受傷的部位，猶豫該不該回去看方曜慎說的精采比賽，最後，因為想起了他表示很高興我去看他比賽，我決定忍住劇烈發疼的傷，盡可能以最快的速度走回體育館。

為了不讓別人覺得奇怪，也為了不讓方曜慎發現，走進體育館時，我還特地從背包裡拿出運動外套，確認手上的傷應該不會被發現，才敢走進體育館裡。

看來上半場結束了。

場邊的觀眾正熱烈討論著剛剛的某一球進得精彩，哪個妙傳傳得漂亮，可以想見這場比賽確實很有看頭。

走往休息區，我和大鬍子教練打了聲招呼，告訴他我想找一下方曜慎，將鑰匙還給他。大鬍子教練首肯之後，我慢慢地往休息區的門口走去，然後一眼就看到正在休息區門邊講電話，表情凝重的方曜慎。

忍住傷口隱隱作痛帶來的不適感，我擠出自認為還算自然的笑容，先是對方曜慎揮了揮手，再慢慢走到他面前晃了晃我手上的鑰匙，等他結束通話。

「任務完成！」我仍然笑著，儘管我的傷口也繼續發疼著。

他放下手機，用一種很嚴肅又帶了點憤怒的表情看我，我一心想隱瞞受傷的事，趕緊下意識地拉長了衣袖。

我踮了踮腳尖，還是必須抬起頭才能對上他的眼神，「上半場不是贏球了嗎？表情怎麼這麼嚴肅呀？」

「隨身碟送去了吧？」他冷冷地看我，我非常不習慣這陌生得像冰一樣的眼神。

「嗯。」我一樣帶著笑容。

「所以妳真的給了思怡教訓？」

「什麼意思？」在我拋出問句的同時，正好走出休息室的阿威似乎發現了我們之間氣氛的詭異，停下腳步站在旁邊。

「剛剛思怡哭得很傷心，說她鐵定被當，因為隨身碟裡空空的……什麼資料也沒有。」

「空空的？」我睜大了眼睛，瞬間明白方曜慎的眼神為什麼陌生得讓人害怕，「可是，我就是把隨身碟拿出來，然後還怕會被雨淋濕，特地放在鉛筆袋裡，這樣怎麼可能會壞掉？」

「思怡說不是隨身碟壞了，是資料全部都沒了。」方曜慎嘆了一口氣，「她和她同學都確定有存進去，而且她們檢查過很多次，所以……」

我看著方曜慎，吸吸鼻子，習慣性地想握緊拳頭，發現因為摔車的傷口作痛，我連握拳都覺得疼，「所以你覺得我真的小人到會做這種事情嗎？」

「孜螢，思怡她很傷心，她說她們真的確認過很多次，所以我想先問妳……」

「方曜慎！」我低吼了他的名字，生氣地瞪著他，「我承認我真的不喜歡古思怡，甚至到了討厭的地步，但是就算再怎麼不喜歡或討厭，我也絕不會用這種沒品的手段來報仇。」

「那為什麼……」

我搶過他的話，因為被自己喜歡的人誤會，而且還是為了另一個他喜歡的女孩受冤枉，我發現自己實在忍無可忍，「你要問我為什麼隨身碟裡的資料會不見，我告訴你，我是真的不知道！我唯一做的，就是特地把隨身碟妥善地放在我的鉛筆袋裡，就這樣而已！」

「阿慎，會不會是誤會了？」站在一旁的阿威顯然感受到我和方曜慎之間的劍拔弩張，終於出了聲想幫我們滅火。

「阿威，謝謝你肯相信我。」我不顧手上的疼痛，緊握著氣到發抖的手，無法克制怒意地瞪著方曜慎，「如果不是因為你，我根本就不想幫古思怡的忙，如果不是因為想讓你安心比賽，我才不會毫不考慮就答應了你的請求。如果不是因為你是方曜慎，我才不會倒楣到站在這裡被你懷疑我做出沒品的事！為什麼你要這樣懷疑我！」

將滿腹的委屈說了出來，我故作堅強，生氣地哼了一聲，轉身想要快快逃離這完全出乎我意料到的一切。我的鼻子已經開始微微發酸且發熱，若繼續留在這裡，可能會無法忍住流淚的衝動。我倔強地告訴自己千萬不可以在這裡哭，在這種連方曜慎都不像方曜慎的情況下，我的理智告訴我無論如何都要忍住眼淚！

「孜螢，我不是懷疑妳，我只是想知道這究竟是怎麼回事。」他深深皺起眉頭。

「方曜慎，不管你怎麼說，你剛剛的態度就足以讓我覺得不被信任，不管你是不是真的沒有懷疑我，但憑什麼你就可以毫不猶豫相信古思怡和她朋友說的話？憑什麼因為古思怡是你喜歡的人，她就比我更完美、更棒？」眼眶熱熱的，我用力握緊了拳，用力地吸了吸鼻子，雖然潛意識告訴自己，別和古思怡做這種沒意義又不對等的比較，但我實在嚥不下這口氣，還是將這些梗在心頭好久的話說了出來，「今天算我倒楣，倒楣在不該來看球賽、倒楣在不該答應你去幫忙拿隨身碟、倒楣在我不該亂開玩笑說要把資料全部刪光、倒楣在……」

倒楣在不該笨到幫自己的情敵。

「妳聽我說……」看我已經轉身要離開，他拉住了我的手，「聽我解釋。」

「放開我。」我背對他，微仰了頭，想收住即將掉落的眼淚。

「孜螢，妳聽阿慎解釋一下，他只是一時情急……」阿威往前走了一步，站到我的身旁，也許察覺到我的淚水，他臉上露出擔心的表情，看看四周，「面紙……」

「不用了，謝謝。」我又吸了吸鼻子，盡可能用我最堅強的姿態看著阿威，然後露出可以想像有多的難看笑容，「我沒事。」

「妳聽阿慎解釋一下。」

我抿抿嘴，用沒受傷的左手擦掉已經滑落在臉頰的淚，然後撥開他的手，「放開我，你這個差勁的傢伙。」

42

真的，我由衷覺得自己真的倒楣透頂，透頂地倒楣。

一個多小時前，明明還是開開心心的，覺得今天方曜慎很可愛、很不一樣，然後期待即將開始的比賽，但是一個多小時後的現在突然大逆轉，就像洗三溫暖一樣。

是不是根本就不該來看比賽，不該答應幫忙送隨身碟，不然就不會被方曜慎誤會，也不會騎車跌倒，害自己變得這麼狼狽。

我的眼淚終於在步出體育館之後放肆地往下掉。我想快步地走回停車場，回住處大哭一場，可是膝蓋的傷卻不容許我這麼做。為了不讓來往的路人看見我的異樣，我盡可能低著頭往前走，邊走，我就邊想到在體育館時自己還不自量力將王孜螢和古思怡放在同一個天平上比較的想法，現在想想，當下的自己真的說有多天真多可笑就有多天真多可笑，還有方曜慎說贏得比賽之後再告訴我的那個答案，我想，從他的態度中，我大概也知道了答案。

他是有可能為了古思怡放棄比賽的吧。

很痛，卻是不爭的事實。

一直以來，我總以為暗戀一個人的感覺就是一點點的酸、一點點的甜、一點點的期待所構成的。但為什麼，此刻我的心卻被苦澀的情緒填滿，滿得不像話，滿到我的眼淚不停地往下掉。

而微微落下的小雨似乎也同情著我，陪伴著我的狼狽與傷心。

因為膝蓋摩擦到褲子不時感到疼痛，為了保險起見，我決定確認一下傷口的狀況。經過管理學院大樓門口時，我走進騎樓，坐在大門口旁的涼椅上，拉開褲管察看傷口，並且檢視了一下右手部位隱隱作痛的傷處。

在我正好小心翼翼地將褲管放下準備離開時，一個熟悉的聲音喊了我的名字。

我抬頭一看，其實有點訝異。

「小螢？妳怎麼了？」林韋詔站在我面前，說著就立刻坐在我的身旁，「怎麼會受傷？」

我原本想擠出笑容，此刻卻無法控制地掉下了眼淚，擦了好幾次，眼淚還是自顧自地往下掉，「沒事。」

「手臂都磨破一大塊了，還說沒事？」他臉上很焦急，透露出關心。我知道這種關心很真切，真切得讓人覺得溫暖，尤其是在這種覺得全世界沒人相信自己的時候。

「我……」

「到底發生了什麼事？」他擔心地捧著我的右手看了看，「不會是摔車吧？可是摔車為什麼不是直接去醫院包紮傷口，反而在這裡？」

「說來話長。」我沉沉地嘆了一口氣。

「為什麼哭了？」在我還反應不過來時，他伸出手幫我擦掉臉頰上的淚痕，還有幾滴殘留在眼角的淚，「我先帶妳去看醫生，這傷口不處理不行。」

「嗯……」突然感覺傷口更痛了些，像是和他呼應般提醒著我。

「走吧。」他輕輕地扶起了我，還貼心地幫我拿了放在一旁的背包，「腳也受傷了？」

「對，膝蓋上。不過還好，傷口不大。」

「我背妳。」

「啊？」我訝異地看著他。

「我背妳。」他堅決地又重複了一次。

「不用啦，我可以走，我真的……」

「小螢，現在不是逞強的時候，快點。」他走到我面前，微彎下了身子，將往前走了一步的我背起來。

43

「還好雨算是停了。」林韋詔背著我，一隻手拉著我的手，另一隻手拿起了我的背包走出理學院大樓。

「嗯……」我輕輕地靠在他背上，將臉舒服地側向一邊，然而，卻看見體育館的方向似乎有一個很像方曜慎的身影。

雖然很像，但怎麼可能是他？哈！王孜螢，難道妳以為那個人會是方曜慎嗎？妳該不會以為他會撇開球賽衝過來向妳道歉吧！妳何必這麼天真？嘆了一口氣，將臉轉向另外一邊，不想看著剛剛的傷心地。但儘管如此，想到了方曜慎，我竟然又掉下眼淚。

我默默地，小心翼翼吸了吸鼻子，希望能夠稍稍控制住眼淚，為了不讓林韋詔察覺，我連動手擦眼淚也不敢，但是，一直默默背著我走向停車場的他，也許已經知道我在哭。果然，才剛這麼想，他就突然拍了拍我的手。

「小螢……」

「嗯……」

「想哭就哭吧！」

這個男孩，果然是曾經最了解我的人。

他短短的一句話刺激了我的淚腺，我的眼淚終於忍不住奪眶而出，所有的委屈、難過、傷心通通朝著我席捲而來。我無法也不想再忍耐，就這樣放肆大哭。

這樣讓他背著的情景，對我們兩個來說都曾經是這麼熟悉，只是，到了現在，似乎存在著某種尷尬又不太自然的陌生感。記得，我曾經在放學的時候說自己好累，要賴地要求他背著我走到公車站牌，或是遇到不開心的事情時，也曾哭著要他背著我走。但是現在，我和林韋詔之間的關係就像是兩條已經從交錯點錯開了的線，各自往各自的方向前進，再也不會有交集的一刻。

我苦苦地笑了，其實應該說是又哭又笑的，因為此刻我正好想起剛剛方曜慎那張無情的臉，以及他冰冷地質問我的態度，不誇張，我覺得自己的心好像被利刃劃過無數次，好痛。而想到這裡，我告訴自己，也許此刻就是老天爺安排好我和方曜慎這兩條線的交錯點。在交錯之後，就會漸行漸遠，終將成為兩條毫不相干的直線。

苦苦的，痛痛的，我和方曜慎根本就沒有開始，為什麼還是感覺這麼痛？

44

「謝謝你。」在等待領藥的等候區，我向已經幫我拿回藥包的林韋詔道謝。

「不客氣，記得醫生的話，別忘了換藥。」林韋詔抿抿嘴，原本伸出手習慣性地想拍拍我的頭，卻因為我刻意的躲開而收了回去。

「我們走吧。」我站起身，跟著他往門口走，但因為膝蓋也擦傷了，他陪著我用緩慢的步伐前進。

在等候看診的時間裡，我情緒已經稍稍平靜下來，也將大概的情況告訴了林韋詔，大部分的時候他都只是靜靜聆聽，偶爾說一兩句話，幾乎沒有發表什麼想法或意見。

現在他卻突然開了口，「小螢……那個男生，對妳來說很重要吧？」

「嗯？」沒料到他會突然問我這樣的問題，我其實愣了一下。

「是嗎？」

我吸了一口氣，「因為是你，所以我不想瞞你，我喜歡他，很喜歡。」

他原本看著我，這一刻移開了目光看向前方，「從什麼時候開始的？」

「其實，我也不知道是從什麼時候開始的。」我苦澀地笑了，似乎因為這個話題心又揪了一下，「只知道，有一天突然就發現他已經住進我心裡了。」

「嗯……」

「你呢？和那個女生好嗎？」我看著他，問出這個問題時，我發現原來自己已經可以很自然地像關心一位老朋友一樣和他相處。

「我們分開了，在交往的兩個月後。」他看著我，眼裡似乎藏著一種哀傷的情緒。

「為什麼？」

「因為我發現，除了王孜螢之外，很難有更適合我的女孩了。」

我又愣了一下，沒料到他給的竟是這麼出乎我意料的答案，「幹麼開這種玩笑啊，最好是這樣！你……」

「小螢，我是說真的。」

我看著他，其實不用他強調，從他的語氣和眼神中，我大概可以猜出他有幾分的認真，只不過，現在我唯一可以回答他的只有沉默而已。

「原本想重新追回妳的。」他苦苦地笑了，「但是看見妳現在這個樣子，我知道我已經輸了。」

「現在這樣很好，以後，我們就這樣相處吧。」我吐了一口氣，很高興能用豁然的態度說出此刻的心情，也很意外原來在方曜慎走進我的心之後，能讓我更看清楚自己和林韋詔之間的感情，「像老朋友一樣。」

「也不錯。」林韋詔輕輕笑了一下，「其實能夠像現在這樣聊著天，我已經很滿足了。」

「林韋詔，幹麼這樣講？」

「本來就是啊！在那之後，我一直生活在對妳的歉意中，直到前一陣子才有勇氣和妳聯絡。」他看了我一眼，「再說，那時候妳其實也不想原諒我吧？」

「是的。」我笑笑的，故意消遣他，「那天跟你去吃石鍋拌飯完全是個意外，不過後來想想，見個面好像也還不錯。」

「哈。」他敲了一下我的頭，「現在會開玩笑，那我就放心多了。不過……」

「不過怎樣？」

「還是找個機會好好跟他談一下吧！賭氣也不是辦法。」

「再說吧。」我嘆了一口氣，決定暫時不去想那討人厭的事。

45

林韋詔送我回住處之後，珈珈難得地已經坐在客廳看電視。一看見我開門走到玄關，她立刻衝了過來，滿臉擔心地問我到底跑去哪裡了，她說打了好多通電話給我，都直接轉進語音信箱。

帶著一絲絲的疑惑看著珈珈，因為感覺她好像已經知道了今天發生的所有事，我拿出手機檢視，「喔……好像沒電了啦。」

珈珈貼心地接過我的背包，和我一起走到客廳，「孜螢，妳的手和腳怎麼了？」

「不小心摔車了。」我一屁股坐在沙發上，因為膝蓋微微彎曲而發疼，不禁「哎喲」地喊了一聲。

「摔車？」珈珈皺緊了眉，坐在我身旁，「什麼摔車？從體育館回來途中嗎？」

我搖搖頭，「不是，在我去幫忙拿隨身碟……咦？妳怎麼知道我去體育館啊？」

「今天發生的事情我都知道。老實說，在妳跟方曜慎他們開完會過來體育館之前，我就已經在體育館了。」

「在體育館？那我怎麼沒看見妳？」

「我在球員休息區，不過後來因為忘了拿一個東西，就先離開體育館了。」珈珈嘆了氣，「沒想到我回來後，聽阿威說已經風雲變色了。」

「我愈聽愈糊塗了，妳什麼時候認識阿威的呀？而且妳怎麼會去球員休息室？」

珈珈思考了幾秒，仍然沒有直接回答我的問題，「總之妳之後就會知道了。」

「嗯？」

「所以妳是去拿隨身碟的時候受傷的？」

「對啊，有隻大狗突然衝出來，又下了點雨，我閃避不及……」

「傷口呢？醫生怎麼說？」

「只是皮肉傷，還好沒傷到骨頭，林韋詔說是我幸運。」

「果然是林韋詔陪妳去醫院的喔！」珈珈摸摸下巴，又說了一句讓我摸不著頭緒的話。

「什麼叫做『果然是』？」我皺了皺眉，疑惑地問。

「是方曜慎跟我說的啦！他說他看見有一個高高的男生背著妳離開。」

「方曜慎？」我想起當時往體育館的方向看到那個與方曜慎相似的身影，「他當時不是在比賽嗎？」

「對，他是在比賽，哎呀！這也等一下再說。」珈珈揮揮手。

「珈珈妳怎麼啦？」

「沒什麼。我只是覺得……王孜螢，妳會不會太拚命了？」

我苦苦地笑了笑，「當時唯一想到的就是既然答應了方曜慎的請求，我就一定要努力幫他達成目標，儘管痛得要命，痛得我好想哭，可是為了方曜慎，好像什麼都可以忍耐，甚至變得勇敢。」

「妳真的是笨蛋耶！即使要幫忙的對象是古思怡？」

「嗯。即使對方是討厭鬼古思怡。」我靠在沙發的椅背上，閉起眼睛，鼻子酸酸的，回想起今天混亂的一切，突然覺得珈珈說的一點也沒錯，我好像真的是笨蛋來著。

「妳真的是……」

「我真的是笨蛋。」

「等一下，我先問妳，妳多久沒聽卉卉學姊的節目了？」珈珈的問題實在讓人難以了解其中的關聯。

「我一直都有聽啊。」

「是嗎？」珈珈又是質疑地揚起了眉，又是擔心地皺了皺眉，表情實在讓人難以捉摸。

「對啊。」我想了想，「不過，自從我們遇到古思怡那天之後，點播時間我就跳過不想聽到的片段了。」

像中了大樂透一樣，珈珈臉上那種「我就知道」的表情真的很詭異，「所以這週、上週、上上週、再上上週妳都沒有完整聽完點播時間？」

「沒有，老實說，自從知道古思怡其實是個討厭鬼，我就不想再從點播時間裡聽見任何有關方曜慎點給她的歌曲或告白了。」

「難怪……」

「珈珈，妳今天說話怎麼顛三倒四的，邏輯好怪喔。」

「先別管這個，那後來呢？」

「什麼後來？沒有後來了。」我納悶地思考了一下，「後來就是阿威告訴妳的那些了吧！方曜慎懷疑我，因為隨身碟裡的資料全部憑空消失了。當然啦！我後來想想，要是將自己從這整件事情抽離出來，以旁觀者的角度來看，王孜螢本來就是最有嫌疑的人。所以，不管是方曜慎或是誰想要懷疑我，應該都算是合理的。」

「什麼合理！王孜螢妳是哪根筋不對啊！」珈珈激動起來，露出不敢置信的表情。

「我不是哪根筋不對。」我擦掉不小心滑落的眼淚，然後指著自己的心臟，「我是這裡，這裡受傷了。」

「孜螢……」珈珈擔心地看著我，接著給了我一個友情的擁抱。

46

和珈珈聊了很久，在她的催促下，我才心甘情願地去洗澡。但是因為膝蓋和手部都包紮了，我花了比平常多上十幾分鐘的時間才洗好澡。我慢慢走出浴室，竟發現客廳是暗的。奇怪，珈珈呢？

「珈珈？」我靠著浴室裡微弱的黃光，想走到玄關把客廳的燈打開，但才走了幾步，我就大吃了一驚。

先是突然響起的美妙樂音飄進我耳裡，接著在沙發後面一大片淡黃色的牆面上，竟出現了幾個投影上去的斗大文字——請原諒我。

請原諒我？

這是……怎麼一回事？

我驚訝地看著在這四個字之後出現的照片，在好聽的背景音樂陪襯下，稍稍搞懂了這一切的我，眼淚也同時不斷地湧出。

原本該是單調的牆面，出現了好多方曜慎各種表情、各種時候的照片。他在球場上的、在操場奔跑時的、在打報告時的、嚴肅的、認真的，或是搞笑時的……不斷出現在牆上，接著在「今天……」這樣的文字之後，播出的照片是今天贏了比賽的樣子，然後跳出來的一排字上面寫著：

「如果我承諾過要給妳一場精彩的比賽，拚了命我也要拿到勝利。」

看著，我的視線似乎變得愈來愈模糊。我擦掉眼淚，害怕自己錯過任何一個片段，直直地盯著那面好像具有魔力的牆，直到歌曲即將結束，而牆上的投影片停在「請妳原諒我」五個字，然後客廳的燈終於亮了。

我眨了眨眼，發現除了珈珈，連阿杜也回來了，就連方曜慎和通識課的另外三位組員也同時出現在這裡。我不斷擦掉淚水，淚水卻不斷往下掉。

「可以原諒我嗎？」方曜慎伸出他大大的手，輕輕擦去我臉頰上的眼淚，「今天是我太衝動了，但絕對不是真心懷疑妳的。我承認當時我處在奇怪又矛盾的氣頭上，但不全然是針對妳做了這件事而責怪妳，這種感覺我說不上來，大概是氣自己為什麼要託妳去拿隨身碟，或是找不到任何理由為妳平反的慌張吧……」

「你、你真的很討厭耶。」往他厚實的胸膛搥了一拳，「真的很討厭。」

「是我太衝動了，但我真的不是不相信妳的意思，」他雙手輕輕地放在我的肩上，「對不起，讓妳受了這麼大的傷害。」

眨了眨眼，我以為自己因為淚水模糊了視線的關係看錯了什麼，但我還是覺得，自己彷彿看見此刻他眼裡藏著某種我原以為只在他談到古思怡時才會有的情緒。可是好奇怪，現在在他面前的，是我王孜螢呀！

「方曜慎，你怎麼了？」

「我喜歡妳。」

「啊？」我的眼淚像水龍頭故障般一發不可收拾地往下掉著，明明很確定自己耳朵聽到了什麼，還是不敢置信地拋出問號。

「我說我喜歡妳，王孜螢，我真的很喜歡妳。」說完，沒有等我的回應，他突然攬了我的腰一把，將我緊緊地抱住，讓我爬滿眼淚的臉依偎在他厚實而溫暖的胸膛。

這是夢嗎？還是我太傷心了以致於精神分裂？方曜慎該這樣抱著的，不應該是古思怡嗎？為什麼現在他卻緊緊抱著我？

是夢嗎？但這場夢怎麼可以讓人覺得這麼真實。

「請妳當我的女朋友。」

我稍稍掙扎了一下，他摟著我的手鬆開了些，「方曜慎，我不是古思怡耶。」

他心疼地看著我，用右手撥開我垂下的劉海，「我想要妳當我的女朋友。」

「方曜慎……」

他微彎了腰，低下頭，溫柔地吻了我的額、我的鼻尖，以及我的唇。

真是的……大家都在耶！

「你們竟然串通起來，實在是太過分了啦！」嘟著嘴，我用哭得紅腫的雙眼瞪著我的兩位好室友。

「不這樣串通，妳現在應該還躲在房間裡大哭特哭吧！」阿杜說的倒是事實。

「難怪剛剛就覺得珈珈講話好奇怪，這也不講、那也不講，重點是好像什麼都知道的樣子。」我吐吐舌，看著今晚的四位訪客，「所以這整件事情到底是怎麼回事啊？」

阿威聳聳肩，「其實我們早就請珈珈幫忙了，妳不是也很意外珈珈什麼時候認識我的嗎？」

「嗯。」難怪。

「珈珈之所以會提前到體育館，是因為阿慎決定在比賽結束後向妳告白，而珈珈又為什麼後來暫時離開體育館，是因為投影機的插頭線太短，她要趕去買延長線應急。」

「嗯。」難怪。

「沒想到突然冒出古思怡這個程咬金，還害你們大吵一架。」珈珈生氣地哼了聲。

「原來。」我停頓了幾秒，「難怪我覺得方曜慎今天實在有點奇怪，我還搞不懂他為什麼要對我做出那些會引人誤會的舉動，以為他故意要讓我擔心被其他人討厭。」

「平常看妳做報告、寫作業都細心得很，沒想到今天這麼遲鈍。」阿志哈哈大笑地指著我說。

「我哪有遲鈍，我就覺得怪怪的，只是說不出來哪裡怪……對了，那隨身碟的事情呢？」

珈珈突然認真起來，「這件事情由我來說。妳就不知道方曜慎多帥氣，後來他跟教練說了要換人上場之後，就立刻衝出體育館。看見妳和林韋詔在一起，覺得應該可以暫時不用擔心妳之後，他就直接去找了古思怡。」

「結果呢？」

「在方曜慎的嚴正逼問下，她當然招供啦！」珈珈表情很故意，甚至曖昧得很，「其實那個隨身碟裡根本沒有任何資料，她故意陷害妳的，實在有夠壞心。」

我輕輕地點了點頭，沒有回應什麼，因為真的沒想到古思怡會自導自演了這場戲。

「大概就是這樣，還有什麼問題嗎？」方曜慎溫柔地撥開我的劉海問。

「暫時沒有了，想到的話，我再問珈珈吧。」話才剛說完，對自己不太有自信的我又想到了一個問題，「我還有一個問題想問。」

「嗯？」這群人幾乎同時看著我，尤其方曜慎更用著十分認真的眼神。

「你已經不喜歡古思怡了嗎？」這是……我最在意的問題。

方曜慎溫柔地給了我一個好好看的笑，「現在我喜歡的是王孜螢啊。」

「這、這實在……」我仍然不敢相信，偷偷在心裡確認今天是不是愚人節。

「我的大小姐啊！」珈珈搖搖頭，「誰叫妳最近都沒認真聽卉卉學姊的節目！」

「我有聽啊。」我尷尬地笑了笑，「只是一聽到點播時間，尤其是卉卉學姊說到叫作『曜』的聽眾點播的時候，我就立刻把廣播關掉而已。」

「但是重點就在妳關掉的時候啊！」阿杜搖搖頭，臉上帶著笑意，「早在幾個星期前，阿慎他就點了一首歌要告別他喜歡了很久的女孩，然後在這週的節目裡，他也點了一首歌給妳，就是剛剛投影片播放時播的那首歌。」

「至於當天節目的內容，以及阿慎的心路歷程，既然妳毫不猶豫地就關掉點播時間，我想妳應該一點也不想知道，所以就算了囉！」阿威聳聳肩補充著。

「哪有人這樣的！」我瞪了說話很故意的阿威一眼。

「哈！好啦！放心，這些就留給你們小倆口相處的時候討論囉。」阿威真的是超級故意的，說到「小倆口」三個字還故意露出一副甜滋滋的模樣。

我驚訝地看了坐在我身旁的方曜慎一眼，沒想到在卉卉學姊的節目裡，也有我喜歡的男孩點播給我的歌曲，更沒想到那個點歌給我的男孩竟是方曜慎，可是卻在我誤以為他還是點給古思怡的狀況下錯過了。

這一切的一切……愈來愈像個虛幻的夢境。要不是方曜慎緊握著我的手，讓我感受到他掌心傳來的溫暖，我真的會以為只是一場夢。

48

聚會結束，方曜慎說要帶我去一個神祕的地方，原來是學校附近的地勢較高的一處，是我和珈珈、阿杜從來不知道的「祕密基地」。

我看看手錶，正巧錶上顯示著十二點整。我穿上了他的外套，站在方曜慎身邊，俯瞰山下的點點燈火。沒料到這充滿了意外與驚喜五味雜陳的一天，會在這樣浪漫的情景中畫上句號，更沒想到現在能站在喜歡的人身邊，和他牽著手一起享受這美麗的一切，感受這美好的夜景。

「原來你們早就串通好了。」我輕輕地說，瞥了他一眼，事實上，從晚上到現在，我已經說了好幾次這句話。

「嗯，本想在球場給妳一個浪漫又特別的告白，沒想到……」

「哈！你是真的存心想讓我被你的粉絲追殺吧！」我故意瞪著他，但被內心甜甜的感覺填滿，一點也生氣不起來。

「在這週的廣播節目中，我早就把告白的事情寫在點播心情的明信片上了。」他溫柔地看著我，手輕輕地摟著我的肩。

「所以說，那些到場加油的同學當中，要是有人聽卉卉學姊的節目，可能早就知道比賽結束後你打算要告白囉？」

「對啊！妳當時不是也稍稍因為別人的交頭接耳而不安嗎？」

「方曜慎！」我驚訝地看著他，有種受寵若驚的感覺，還因為他的話心跳得好快，難怪當時他會那麼故意地和我開玩笑，而我還傻傻地在意那些竊竊私語以及觀察我們的行為。

「我的明信片上面，是告訴大家今天的比賽結束後，我要對一位我喜歡的女孩告白，希望願意祝福我、幫我加油的同學們可以一起到場。」

「難怪我當下還覺得這群粉絲實在太厲害了，消息怎麼可以這麼靈通，明明是一場臨時性的比賽。」我想了想，會心地笑了，不過又冒出了一個疑惑，「可是，你拉著我去球場時怎麼確定我還不知道你要告白？你又不曉得我沒有收聽這次的廣播節目。」

「就算妳聽到了，妳還是會以為我是點給思怡的吧？」

「嗯。」我想了想，這麼說好像也對。

「至於我開始喜歡上妳，其實在前一陣子和妳相處之後，我發現自己真的很喜歡和妳聊天、和妳一起趕報告、和妳一起無厘頭地開著玩笑，就算只是短短不到五分鐘的電話，我都覺得開心。總之，所有和妳一起做的事情，都讓我很開心。」他溫柔又深情地笑了笑，「也因為這樣，我才察覺到自己對思怡的感覺好像已經不是最初的喜歡了，也許是一種習慣吧！一種……沒有能真正察覺對她的感覺已經改變了的誤解吧。」

「該不會……」我踮起腳尖盯著他，問出讓自己不安的問題，「該不會是因為她不肯接受你，你才轉移對象喜歡我的吧？」

他趁機偷親了一下我的唇，儘管惹來了我的搥打，他還是將手摟在我的腰上，讓我和他的距離更加靠近。

「當然不是這樣，不過，要不是妳的出現，我想我可能會更晚才發覺自己對思怡的情感有了變化。」

我嘟了嘟嘴，還是想問個究竟，「所以她不再是你心底那顆星星了嗎？」

「當然。」他溫柔地笑了笑，「現在，我心裡最重要、最閃耀的那顆星星是妳啊。」

「嗯。」我看著他，因為他真心的告白，讓我覺得自己幾乎要融化了一樣。

「至於今天的小插曲，我必須再說一次我真的很抱歉。」他捧起我包紮了的手，心疼地看著我，「害妳受傷、害妳受委屈了，這些妳受的傷和委屈，我也許沒有辦法補償，但是未來我會用好幾百倍、好幾千倍的愛與喜歡，陪著妳。」

他注視著我，而我彷彿清楚地看見他眼神裡有著一百分的深情。那是我曾經以為專屬於古思怡的眼神，卻沒想到現在看著我的他也會給我這樣的承諾。我沒有迴避他的注視，內心瞬間迅速地被滿滿的感動填滿。於是我再次踮起腳尖看他，想學他剛剛的技倆，出乎他意料地偷親他一下。只是，似乎早料到了我的舉動，他沒有讓我逃走，反而將我摟得更緊，將我和他之間的距離拉得愈來愈近，近到我都能夠感受到他的鼻息，近到我覺得自己都能感受到兩個人的心跳正用相同的頻率跳動著。然後，他捧著我的臉，將他的唇輕輕貼在我的唇上，用一種溫柔而又熱情的吻，傳達出他對我的感情有多麼地真切。

我毫不考慮地回應了他的吻，同時也確認了，在體育館發生的事絕對不是我和他這兩條線交錯後的分歧點，反而是讓我們發覺更多對彼此的喜歡與愛，進而更珍惜彼此的疊合處，在這之後，我知道他將緊緊握著我的手，牽著我度過每個被他的愛包圍的時刻。

【全文完】

國家圖書館出版品預行編目資料

落在心底的星星 / Micat 著. -- 初版. -- 臺北市：商周出版：
家庭傳媒城邦分公司發行, 2014.04
面：　公分. --（網路小說；229）
ISBN 978-986-272-562-7（平裝）

857.7　　103003678

落在心底的星星

作　　者／Micat
企畫選書人／楊如玉、陳思帆
責任編輯／陳思帆

版　　權／翁靜如
行銷業務／李衍逸、黃崇華
總 編 輯／楊如玉
總 經 理／彭之琬
發 行 人／何飛鵬
法律顧問／台英國際商務法律事務所　羅明通律師
出　　版／商周出版
城邦文化事業股份有限公司
台北市民生東路二段 141 號 9 樓
電話：(02) 25007008　傳真：(02) 25007759
Blog：http://bwp25007008.pixnet.net/blog
E-mail：bwp.service@cite.com.tw
發　　行／英屬蓋曼群島商家庭傳媒股份有限公司城邦分公司
台北市民生東路二段 141 號 2 樓
書虫客服服務專線：(02) 25007718、(02) 25007719
服務時間：週一至週五上午09:30-12:00；下午13:30-17:00
24 小時傳真專線：(02) 25001990、(02) 25001991
劃撥帳號：19863813；戶名：書虫股份有限公司
讀者服務信箱：service@readingclub.com.tw
城邦讀書花園：www.cite.com.tw
香港發行所／城邦（香港）出版集團有限公司
香港灣仔駱克道193號東超商業中心1樓
E-mail：hkcite@biznetvigator.com
電話：(852)25086231　傳真：(852) 25789337
馬新發行所／城邦（馬新）出版集團【Cité (M) Sdn. Bhd.】
41, Jalan Radin Anum, Bandar Baru Sri Petaling,
57000 Kuala Lumpur, Malaysia.
Tel: (603) 90578822　Fax:(603) 90576622
email:cite@cite.com.my

版型設計／小題大作
封面插圖／文成
封面設計／許秋山
排　　版／新鑫電腦排版工作室
印　　刷／高典印刷有限公司
總 經 銷／高見文化行銷股份有限公司
電話：(02) 26689005　傳真：(02) 26689790
客服專線：0800-055-365

■ 2014 年 4 月 1 日初版1刷
定價180元

Printed in Taiwan
城邦讀書花園
www.cite.com.tw

　ISBN　978-986-272-562-7

商周出版

廣　告　回　函
北區郵政管理登記證
台北廣字第000791號
郵資已付，免貼郵票

104台北市民生東路二段141號2樓

英屬蓋曼群島商家庭傳媒股份有限公司　城邦分公司

請沿虛線對摺，謝謝！

商周出版

書號：BX4229	**書名：**落在心底的星星	**編碼：**

請於此處用膠水黏貼

商周出版

讀者回函卡

感謝您購買我們出版的書籍！請費心填寫此回函卡，我們將不定期寄上城邦集團最新的出版訊息。

不定期好禮相贈！
立即加入：商周出版 Facebook 粉絲團

姓名：________________________ 性別：☐男 ☐女

生日：西元________年________月________日

地址：________________________

聯絡電話：____________ 傳真：____________

E-mail：

學歷：☐ 1. 小學 ☐ 2. 國中 ☐ 3. 高中 ☐ 4. 大學 ☐ 5. 研究所以上

職業：☐ 1. 學生 ☐ 2. 軍公教 ☐ 3. 服務 ☐ 4. 金融 ☐ 5. 製造 ☐ 6. 資訊
☐ 7. 傳播 ☐ 8. 自由業 ☐ 9. 農漁牧 ☐ 10. 家管 ☐ 11. 退休
☐ 12. 其他________

您從何種方式得知本書消息？

☐ 1. 書店 ☐ 2. 網路 ☐ 3. 報紙 ☐ 4. 雜誌 ☐ 5. 廣播 ☐ 6. 電視
☐ 7. 親友推薦 ☐ 8. 其他________

您通常以何種方式購書？

☐ 1. 書店 ☐ 2. 網路 ☐ 3. 傳真訂購 ☐ 4. 郵局劃撥 ☐ 5. 其他______

您喜歡閱讀那些類別的書籍？

☐ 1. 財經商業 ☐ 2. 自然科學 ☐ 3. 歷史 ☐ 4. 法律 ☐ 5. 文學
☐ 6. 休閒旅遊 ☐ 7. 小說 ☐ 8. 人物傳記 ☐ 9. 生活、勵志 ☐ 10. 其他

對我們的建議：________________________

____

____

請於此處用膠水黏貼